Never… ou presque !

©2021. EDICO
Édition : JDH Éditions
77600 Bussy-Saint-Georges. France
Imprimé par BoD – Books on Demand, Norderstedt, Allemagne

Réalisation graphique couverture : © Cynthia Skorupa

ISBN : 978-2-38127-168-2
Dépôt légal : mai 2021

Le Code de la propriété intellectuelle n'autorisant, aux termes de l'article L.122-5.2° et 3°a, d'une part, que les copies ou reproductions strictement réservées à l'usage privé du copiste et non destinées à une utilisation collective , et d'autre part, que les analyses et les courtes citations dans un but d'exemple et d'illustration, toute représentation ou reproduction intégrale ou partielle faite sans le consentement de l'auteur ou ses ayants droit ou ayants cause est illicite (art. L. 122-4).
Cette représentation ou reproduction, par quelque procédé que ce soit constituerait une contrefaçon sanctionnée par les articles L. 335-2 et suivants du Code de la propriété intellectuelle.

Zéa Marshall

# Never... ou presque !

JDH Éditions
*Romance Addict*

# 1

## « Jamais au grand jamais ! »

Emmitouflée.

J'attends devant mon immeuble en tenue de combat. Botte jaune, marinière, parka, bonnet, écharpe, sur pantalon déperlant… Juillet 2020. Paris, 39 degrés.
Je suffoque légèrement en restant stoïque devant les regards appuyés des badauds. Pour tout vous avouer, je transpire comme un bœuf sentant les gouttes de sueur rouler dans mon cou, mes aisselles surchauffent. Je trépigne d'impatience que mon amie arrive de peur qu'une crise d'apoplexie digne d'un film hollywoodien m'emporte.
Un engin non identifié à quatre roues me klaxonne, baisse sa vitre, Nolwenn me hèle. Je cligne des paupières plusieurs fois. Elle imagine une seconde que mes petites fesses vont se poser dans son tas de boue format papamobile ?

Comment ai-je pu accepter de la suivre pour ces vacances dignes d'une épopée dans le trou du cul du monde ?

Pas de Marbella, d'Ibiza, de Cancún et, pire, les villas de mon cher père à Saint-Martin et Saint-Tropez me sont formellement interdites. Il a été intransigeant : aucune fête chez lui. Mes pleurs, larmes, trépignements, chantages n'ont pas affecté sa décision, obsédé par les microbes et sa phobie de l'épidémie. Il a même menacé de me couper les vivres, moi, son unique fille, si je dérogeais à cette règle… J'ai vite épongé mon chagrin de peur que ma carte bancaire black ne dise plus « *yes* ».

N'empêche, mon moral en a pris un sacré coup. Fichue COVID.

Alors quand Nolwenn me voyant désespérée au bureau, enfin je devrais préciser, l'entreprise de mon père, dont je suis une des directrices, m'a proposé de la suivre. J'ai d'abord eu un fou rire, pliée en deux :

— Moi… en vacances… dans ta famille… en Bretagne ???

Elle avait un air très sérieux…

— Nolwenn, prends une carte de la France, s'il te plait. Dessine une ligne imaginaire au-dessus de Bordeaux. Tout ce qui pointe vers le nord : NEVER !!! Jamais, je n'y mettrai les pieds pour y passer mes vacances.

— Tu abuses. À situation exceptionnelle, destination exceptionnelle.

— Je ne suis pas désespérée au point d'aller gâcher mes quelques congés dans une contrée qui n'a ni l'eau ni l'électricité et même pas le wifi et la 4G !

— OK. Reste à Paris, seule.

C'est bien le problème. Rester seule à Paris…

Elle ouvre sa portière, sort en petite tenue estivale, ses longs cheveux châtains au vent, grand fou rire quand elle découvre mon accoutrement :

— À quoi joues-tu ?

— Je me suis adaptée pour le périple que tu m'imposes !

— Je ne t'impose rien et tu le sais.

Ma mauvaise foi légendaire ? Elle en a fait son affaire. Nous avons appris à nous connaître au cours des deux dernières années depuis qu'elle a intégré mon staff. Au début, j'ai été une vraie peste avec elle. Je la traitais comme ma subalterne la noyant de tous les dossiers dont je n'avais pas envie de m'occuper. En résumé, elle faisait le job, je retirais les lauriers et me la coulais douce.

Même que je la considérais comme inférieure à ma petite personne. J'ai toujours été gâtée par la vie, une enfance dorée, aucun souci pécuniaire, le moindre de mes caprices honorés. Je n'avais pas besoin de me forcer au niveau de mes études puisque mon père arrangeait, moyennant finance, les nombreux accrocs de ma scolarité.

Imaginez mon étonnement quand j'ai terminé major de promo d'une boîte à diplôme pour riches… il avait dû faire un sacré virement.

Toujours est-il qu'à 25 ans, j'étais directrice *web community* et conseils stratégiques d'une des plus grandes agences de communication de la place. Un titre ronflant, mais vu mon réseau et mes frasques dans certains magazines people, j'avais estimé que mon poste était mérité. Je me suis adjoint des assistants et chefs de publicité en tout genre qui ont tous démissionné ou déprimé, les uns après les autres devant mon peu d'engagement et mes soi-disant caprices de star. Balivernes, ils n'avaient rien compris au monde d'aujourd'hui et la nécessité de briller.

Nolwenn a été embauchée par mon père. Il me l'a décrite comme talentueuse, bardée de diplômes, expérimentée et m'a imposé un ultimatum pour que je travaille réellement en collaboration avec elle. Comme si je glandais entre mes séances de shopping, de manucure, d'esthéticienne, de coach sportif personnel, de stories sur Instagram…

Elle a vécu quelques mois difficiles. Six pour être précis. Et le client du siècle, le dossier le plus convoité de la place est tombé un joli matin (plutôt midi que neuf heures, le matin) sur un coin de mon bureau rutilant, déposé par mon père « *himself* » avec une phrase du genre :

« C'est le dossier de la dernière chance, tu ne peux pas te louper ».

Que nenni, j'ai juré que c'était dans la poche et confié le bébé à Nolwenn. Elle a géré toute la campagne en toute autonomie. Je laisse carte blanche à mes collaborateurs et récupère le fruit de leur travail sans aucun scrupule. Le jour de la présentation où je devais exceller, je me suis plantée en beauté après une nuit de fiesta, arrosée de champagne rosé. Le dur à cuire que j'avais en face de moi, dans mon immense salle de réunion vue plongeante sur les toits de Paris, avait décidé de me faire la peau avec des questions techniques alambiquées qui dépassaient mon pauvre niveau de marketing.

Je me suis embrouillée… ratatinée… même mon charme appuyé par mes grands yeux verts papillonnants, mes jolies mèches blondes entortillées autour de mon index n'ont pas réussi à le ramener dans le droit chemin. Il voulait des statistiques fiables, des retours sur investissement, des probabilités, des engagements… Un mal de tête, géant, a cisaillé mon cerveau. … Plutôt que d'enfoncer le clou et de profiter de la situation, où elle aurait pu me faire éjecter, Nolwenn m'a sortie de cet imbroglio avec panache et tact. Nous avons décroché le contrat. Enfin, je devrais reformuler : elle a décroché le contrat.

Nous nous sommes retrouvées seules dans cette grande salle. Elle a serré ses bras sur sa poitrine et attendu. Quelques longues minutes de silence. Je me suis sentie petite et minable parce que j'ai quand même une conscience même si j'en fais fi régulièrement.

Les effusions et remerciements ne font pas partie de mon vocabulaire. J'ai été élevée de cette manière. Exiger, se faire servir. Alors du bout des lèvres, en soufflant, deux mots se sont enchaînés presque inaudibles, pardon… et merci.

— Ce n'est pas suffisant.

— Ah ?

Oui AH. J'ai pris la remontée de bretelles de ma vie. Personne n'avait osé me parler ainsi. J'ai tout ingurgité. Dans l'ordre : terminé mes sales manières, travail sérieux en équipe, collaboration, soutien, démarrer la journée avant midi… et surtout qu'elle ne toucherait pas un mot à mon cher paternel de mon manque d'implication complet.

— Maintenant, tu vas devoir bosser !

M'offusquer ? La menacer ? Elle avait raison sur toute la ligne, je n'avais aucune excuse, aucun moyen de me dérober.

— Je ne suis pas compétente, ai-je fini par concéder.

— Tu ne l'es pas effectivement, mais tu vas le devenir. Nous allons nous répartir les tâches et être le plus incroyable duo de la capitale.

Elle a pris un marqueur et s'est installée devant le tableau *paper board*. Pendant deux heures, elle a scribouillé des schémas. J'ai écouté attentivement son plan détaillé. De toute façon, elle ne m'aurait pas laissé sortir vivante de la salle. Je m'occuperais des *people*, de l'événementiel... elle gérerait la section stratégique. Les présentations se feraient en tandem et elle exigerait que je maîtrise par cœur chacun de nos dossiers.

J'ai susurré un oui, confiante sur la simplicité du travail à réaliser. C'était mal la connaître et surtout il manquait la dernière partie de son laïus :

— Maintenant, tu arrêtes de me prendre pour un moins que rien et tu cesses de te la raconter avec moi. Ton côté bling-bling pour te protéger, tu le gardes pour les autres, tous les débiles qui te collent aux basques pour profiter du fric de ton père et de ton nom de famille. De toi ? Ils s'en cognent.

Une gifle magistrale, un uppercut. Elle venait d'appuyer sur une vérité que je dissimulais : ma solitude. Une vie sociale éphémère rythmée par les codes du « m'as-tu vu ». Je m'étais adaptée à ces règles qui entouraient ma destinée depuis toute petite. Ma mère nous avait quittés quelques mois après ma naissance pour suivre un adonis dont elle était follement tombée amoureuse. Il était surtout la première fortune d'une île paradisiaque. Une horde de gouvernantes avaient pris la relève, s'usant comme des kleenex devant mes nombreux caprices. Oui, je faisais ce que je voulais quand je voulais avec qui je voulais ! Et je pouvais crier longtemps pour exiger...

À 25 ans, j'avais un réseau à faire pâlir n'importe quel influenceur, des entrées partout, une solide réputation de fêtarde, enchaîné les conquêtes avec des beaux gosses affriolants comme des sucreries, de l'argent, des fringues et voitures de luxe avec chauffeur et… pas une seule amie pour me confier, pas une épaule pour m'épancher. Je me murais derrière cette image d'Épinal que je renvoyais à la terre entière.

Nolwenn m'avait percée à nue.

# 2

## « Nanala naganalalo lanalalaleno, on a tondu les moutons et filé la laine… » [1]

— Dégage !

Je viens d'ouvrir la portière côté passager et d'ordonner à la cousine de Nolwenn qui est assise à MA place de mettre son popotin ailleurs. Hors de question que mes petites fesses rebondies briquent la banquette arrière.

Mon amie me fusille des yeux.

— OK, je me rattrape en levant la main en signe d'apaisement. S'il te plait, je rajoute.

Nolwenn souffle d'exaspération et demande :

— Peux-tu grimper à l'arrière, sinon nous n'allons pas décoller ?

— Tu plaisantes ? Ta super copine, c'est ce pingouin ?

Le pingouin en question aimerait un peu de clim et apprécierait que la demoiselle s'exécute rapidement. Devant nos visages déterminés, elle daigne se lever. Je me rue sur le siège, ouvre les grilles de ventilation pour chercher de l'air frais. Enfin, je respire… une grande inspiration, je revis. Mon moment d'extase est vite interrompu, par la voix énervée de mon amie :

— Tu retires immédiatement ton déguisement. Il fait 28 degrés à Perros-Guirec et je n'ai pas envie de humer ton odeur corporelle tout au long du trajet, me somme-t-elle. Ensuite, tu grimpes tes valises toi-même dans le coffre, je ne suis pas ton groom et en dernier, tu te présentes poliment à ma cousine.

---

[1] *Les moutons*, Matmatah, 1998, pour vous mettre dans l'ambiance !

Je prends mon air offusqué, dédaigneux comme je sais si bien le faire. Menton relevé, bouche en cul de poule... et bats en retraite. Avec Nolwenn, aucune de mes frasques ne fonctionne, j'ai déjà testé.

— Très bien. Mea Culpa. Apolline, je suis enchantée de faire ta connaissance.

— Maïwenn, me répond la cousine en me faisant un check du coude.

— Maintenant que les présentations sont faites, direction le paradis ! lance Nolwenn excitée comme un gardon frétillant sortant de l'eau.

5 h 18 de voyage précisément ! Elles se sont alternées à mes côtés pour mener notre charrette à bon port. Je ne conduis pas... vous vous doutez. Je me fais véhiculer. Le paysage tout au long du trajet ? Vert... très prononcé depuis que nous avons dépassé la pancarte « Lamballe », assorti d'une pluie digne de la mousson depuis la pancarte « Saint-Brieuc ». À chaque ville bretonne, sa surprise climatique. Les conversations ? Un long... long dialogue de « tu te souviens ? » avec Pierre, Paul, Jacques. Oups. Pour coller à ma destination, je devrais dire Loïc, Pierrick et toute la clique. La musique dans la voiture ? Ambiance crêpes et galettes, j'ai supplié d'arrêter au troisième passage de *Matmatah* et me suis endormie déjà épuisée.

Une petite tape sur mon épaule. J'ouvre les yeux légèrement. La lumière est douce : fini la pluie, un beau ciel bleu s'est greffé à la place du monticule gris qui nous a suivies tout le long de la route.

— Mate, nous arrivons.

Notre voiture s'engage dans une longue descente. Au loin, des mâts brillent. La mer apparaît.

— L'océan ? interrogé-je à demi endormie.

Elles éclatent de rire.

— La Manche ! Quand même Apolline ! Tu vas voir, elle est bleue comme la mer des Caraïbes.

— Ah.

— Avec quelques degrés en moins, pouffe Maïwenn.

Nous dépassons le port. Loin de ceux que je fréquente habituellement. Pas de Yacht, mais des voiliers, des catamarans, des bateaux de pêche… les rochers sont légèrement rosés, assez étonnant.

Nous filons vers le centre-ville. Je suis en mode inspection pour jauger le guêpier dans lequel je me suis fourrée. OK, pas de marina, mais ils ont quelques boutiques et restaurants quand même. Nous bifurquons direction la corniche. Elles n'arrêtent pas de m'interroger avec des « alors, alors ». Alors… ce ne sont pas les Seychelles non plus et je ne vais pas me rouler par terre en battant des mains comme une otarie. Joli, sympa…

En off, je ne peux pas le nier. Le décor est incroyable : la mer s'égrène dans une déclinaison de camaïeu bleuté, allant jusqu'au turquoise rehaussé par une belle lumière vive. Des îlots, des petites plages à taille humaine, un sable blanc. J'imaginais des criques vertes d'algues, embourbées de vase. À côté de la plaque.

Nous poursuivons notre *road trip* vers l'anse de Trestraou[2], leur grand-mère a sa résidence sur les hauteurs. Ce nom, je le connais par cœur, Nolwenn a dû le placer dans chacune de nos conversations depuis que j'ai accepté de la suivre.

Elle s'engage sur une longue allée gravillonnée, se gare devant le perron d'une jolie maison. Oui, une élégante propriété avec des parements en pierre de granit, des fenêtres à l'italienne qui donnent sur un golf à couper le souffle.

— Admire ma belle. Bienvenue dans la baie des Sept-Îles, prononce mon amie.

J'en prends plein les yeux.

---

[2] *The place to be !*

— Demain matin, tu apercevras un lever de soleil digne d'Angkor Wat, poursuit-elle.

Cette destination exotique, je la connais. Nolwenn le sait. Elle adore quand je lui conte mes voyages d'enfance. J'ai parcouru tous les continents avec mon père, séjourné dans les plus beaux palaces, nagé dans des eaux chaudes turquoise… Jusqu'à mon adolescence, je me nourrissais des découvertes de contrées lointaines, de paysages magnifiques. Le jour de mes quinze ans, mon cher paternel m'a annoncé son futur mariage avec une parvenue de 25 ans. Un choc violent, il m'abandonnait. Je leur ai pourri la vie et je suis devenue une vraie pouffiasse exigeante. Blasée, fini les voyages et autres excursions, place à la fête et à du grand n'importe quoi.

De la France ? À part Paris et la région de Saint-Tropez, le reste est un *no man's land* où ma petite personne ne daigne pas mettre les pieds. Alors Perros-Guirec dans les Côtes-d'Armor, je frôle l'inscription à *Koh Lanta* !

Pourtant, j'ai un sentiment bizarre, du mal à vous le décrire. Cette demeure, elle m'attire comme si elle m'appelait.

Nous sommes accueillies par ses proches en grande pompe. Je souris et ne peux m'empêcher de penser au jeu des sept familles avec le papa, la maman… enfin toute la bande. Les effusions familiales où tout le monde se bise et se prend dans les bras ? Très peu pour moi. La COVID sur ce coup-là, elle arrange bien mes affaires. Mon rictus devient un fou rire quand je réalise qu'ils sont alignés comme les Daltons, manque plus que Rantanplan.

— Un souci ? m'interroge Nolwenn.

— Non, la joie d'être arrivée, je lui mens.

Elle enchaîne les présentations, ses parents, sa grand-mère, sa sœur, ses neveux… Je suis dissipée et ne retiens pas la moindre syllabe de leurs prénoms. L'oncle Yann est absent, mais il ne devrait pas tarder à faire son apparition. Un homme se pointe, j'en déduis qu'il doit être le fameux Yann et lui indique que nos valises sont dans le coffre avant d'escalader les marches du perron.

J'ai une envie pressante et hâte de découvrir où je vais dormir pour les quinze jours qui arrivent : j'imagine qu'ils m'ont laissé la suite avec la vue sur la mer, pourvu qu'elle ait une salle de bains individuelle, je ne vais pas survivre à la douche collective. Après tout, je suis quand même leur invitée et pas n'importe laquelle ! Je ne suis pas certaine qu'ils ont logé beaucoup de people.

La pièce de vie est grandiose, loin de mes lieux de résidence actuels. Je squatte sans aucun scrupule les appartements et autres villas de mon père. Il aime les ambiances épurées, coloris froids alourdis par des œuvres d'art dont je ne comprends guère la signification.

Le contraire. L'atmosphère est chaleureuse, accueillante, un cocon de coton où il doit faire bon se prélasser en pilou l'hiver. Des tons taupe déclinés avec un léger ivoire vanille. Trois gigantesques canapés, ils donnent l'impression d'être voluptueux comme des nuages. Et la vue… Scotchée ! Directe sur la baie, une immensité, des îlots avec des rochers saupoudrés de rose, une eau outremer. Un jardin avec des pins maritimes centenaires, des hortensias et une flopée d'agapanthes teintées de bleu et de blanc, telles des taches de peinture disposées avec soin.

Quelques longues minutes, je me fige et je photographie dans mon cerveau chaque recoin de cette vue.

— Tu aimes ?

Nolwenn. Je ne l'ai pas entendue entrer, perdue dans ma contemplation.

— Ouais, c'est pas mal.

— Arrête. Je te matais en douce. Tu avais des yeux de gamine devant une barbe à papa. Tu n'as pas de rôle à jouer dans ma famille. Ces quinze jours de vacances, décompresse et lâche prise, nous avons travaillé dur et mérité de nous reposer.

Travailler dur ? Le mot est faible. Je suis passée du stade grosse glandouille à job intensif. Après notre fameuse mise au point, elle ne m'a plus lâché la grappe, allant jusqu'à venir me chercher dans mon lit pour être à huit heures pétantes au bureau. Je me suis rebellée, même planquée chez de soi-disant amis pour échapper à la tornade Nolwenn. Rien n'a ébranlé sa motivation à me métamorphoser en pro de la communication. En quelques mois, j'ai ingurgité une somme monstrueuse d'informations, mis en exergue les enseignements de ma tutrice, calmé fortement mon niveau de fiesta et… décroché de plus en plus de contrats, faisant la fierté de mon cher papa.

Nolwenn est devenue mon amie, ma meilleure amie. Un duo de choc à la vie, à la mort.

Un seul point n'a pas été négociable : mon appétit gargantuesque pour les beaux gosses.

# 3

## « Quatre-vingt-dix centimètres et pas un de plus ! »

— Suis-moi, nous allons prendre nos quartiers.

Elle se dirige vers l'extérieur.

— Nous ne logeons pas dans la maison ? interrogé-je inquiète.

— Non, dans l'annexe, c'est plus simple. Et n'oublie pas tes valises dans le coffre, il n'y a pas l'option conciergerie chez ma grand-mère ! finit-elle en hurlant de rire.

Nous traversons le jardin. J'aperçois une sorte de toit de chaume. Un petit éclair dans mon esprit m'indique que cela ne va pas être comme je l'imaginais. Je sens l'entourloupe arriver. Elle déverrouille une porte en bois, se glisse sur le côté en criant un « tadaaaa ». Je crains le pire. Nolwenn et moi n'avons pas la même définition du besoin matériel. Elle s'en cogne. J'adore le confort.

Je déglutis et reste bouche bée. Dans l'ordre... la vue sur la mer ? Mort. Les canapés voluptueux ? Remplacés par trois chaises en PVC blanc. La salle de bains individuelle où j'espérais m'étaler avec tous mes produits de beauté et de maquillage de luxe ? Nada. Un rideau en plastique fait office de paroi, une première pour moi. Les toilettes sont intégrées à la salle d'eau. J'hallucine. Le summum ? Trois couchages sont disposés au coin de la pièce... une place uniquement.

— Tu me fais une blague ? tenté-je.

— Tu es chiante. Nous avons tout le nécessaire. Si on sort, nous ne réveillerons personne en rentrant tard.

— Eh, princesse, attrape !

Maïwenn vient de me balancer une couette et un oreiller. En plus, il faut faire son lit. J'ai peur de m'évanouir. Je n'arrête pas de mater les quatre-vingt-dix centimètres de large. Une question me taraude, essentielle et vitale pour ma petite personne :

— Les trois couchettes dans la même pièce… Il n'y aura pas de possibilités de sexe ?

— Tu n'as pas besoin d'un lit pour baiser, me rétorque Nolwenn.

Maïwenn me dévisage comme si je venais de dire une énormité.

— Quinze jours de congés, et tu as l'intention de pécho ? me demande-t-elle.

— Bah, nous n'avions pas parlé de vœux d'abstinence pour les vacances.

— Enfin, pas de boîtes, pas de rassemblements, je ne vois pas trop où tu vas draguer. Et puis quinze jours, sans sexe, ce n'est pas la fin du monde.

Mes yeux s'ouvrent en grand. Elle est sérieuse ? Quinze jours, sans parties de jambes en l'air ? L'apocalypse. Je n'aurais pas franchi la pancarte Paris que le premier bipède masculin dans mon collimateur, je le dévore.

— Pour Apolline, c'est un problème, l'informe Nolwenn.

— Tu ne restes jamais sans mec ? me questionne Maïwenn ahurie.

— Bah, non. J'aime trop les hommes, j'aime le sexe. Une semaine, c'est un maximum.

— Et tu as beaucoup de partenaires ?

— Tout ce qui bouge, qui est gaulé comme un dieu. Brun, yeux bleus de préférence, un mètre quatre-vingts minimum, plutôt typé et le QI ? Elle s'en tape, lui réplique Nolwenn.

— J'ai quelques *sex friends* réguliers. Et pas que des bruns, du blond aux yeux verts, j'ai testé aussi, je me justifie.

— Tu n'as jamais eu de vrais amoureux ? s'étonne Maïwenn.
— Non. Je n'ai pas envie de m'embarrasser avec un « chéri chéri ». J'adore ma vie ainsi. Je fais ce que je veux et quand je veux avec mon corps. Et t'inquiète, je me protège.
— En revanche, nous allons nous mettre d'accord tout de suite. Tu ne touches pas à un de mes potes et encore moins ceux qui sont en couple !
— Je ne drague pas les hommes mariés sauf s'ils ont oublié de le préciser, je riposte en éclatant de rire. Et tes potes bretons, aucune inquiétude, ils ne sont sûrement pas mon genre.

Je me délecte. J'en suçote le bout de mes phalanges. Éliane, la mamie des filles, nous a préparé un goûter de bienvenue : un Kouign Amann [3] avec du jus de pomme local. Nolwenn et Maïwenn sautillaient de joie. Elle a dû faire tomber une meule de beurre complète dedans. Mon coach Alessandro aurait une attaque s'il me voyait. Une tuerie gustative et je ne suis pas loin de l'orgasme culinaire à défaut de l'autre.

Nous sommes confortablement installés à l'ombre des pins, une légère brise me chatouille les épaules, un sentiment de plénitude m'a envahie. J'ai bien compris que me la jouer à la star ne servirait à rien, alors j'y mets du mien en commençant par apprendre leurs prénoms. Oscar et Enzo sont les fils de la sœur de Nolwenn, Gwen. Elle est fraichement célibataire après un divorce compliqué et est venue se ressourcer en Bretagne. Elle est différente de sa sœur. Nolwenn est une femme qui affiche de l'assurance, aidée par son mètre soixante-quinze, ses prunelles bleu-turquoise, une ligne impeccable, en deux mots, une beauté naturelle.

Les parents de mon amie, Ronan et Isabelle semblent être un couple complice et heureux. Les deux sœurs ont hérité des jolis yeux de leur mère et de leur grand-mère. J'observe tout

---

[3] Pain au beurre en breton : 250 gr de farine, 200 gr de beurre, 200 gr de sucre…

ce petit monde en intervenant peu dans leur conversation. Les réunions de famille, ce n'est pas ma tasse de thé. Mon père est un enfant de la DASS, alors j'ai échappé aux baptêmes, communions et autres fêtes, même le repas dominical n'existait pas chez nous. Je pourrais presque être timide et impressionnée. L'oncle Yann, lui, n'arrête pas de m'envoyer des pseudo blagues que je ne comprends pas. Chaque fois, je regarde Nolwenn qui hoche discrètement la tête et je ris bêtement histoire de lui faire plaisir.

— Eh, devinez qui arrive, annonce Éliane.

Nous sommes interrompus par un bruit de moteur. Un fourgon blanc bariolé, genre truc de chantier se gare dans la cour. Un homme descend et avance à notre rencontre. J'ai le soleil dans les yeux et distingue mal son apparence dans un premier temps.

— Alan, scande Nolwenn, excitée.

— Je ne pensais pas que vous étiez arrivées. Je ne suis pas vraiment présentable. Je venais déposer les étagères d'Éliane.

Difforme. Voilà son accoutrement. Des godillots en lieu et place de ses chaussures, une espèce de pantalon souillé et son t-shirt, on doit pouvoir en fourrer deux comme lui à l'intérieur. Il a une jolie carrure quand même, au niveau des épaules... châtain clair, yeux foncés, quelques taches de rousseur, un nez droit, une bouche ferme, légère barbe...

En fait, sa bouche, elle est canon. Charnue. Mon corps se serre en imaginant une petite langue agile et habile cachée derrière ses lèvres d'enfer...

— Apolline ?

Tous leurs regards sont braqués sur moi. Je mets quelques secondes à comprendre qu'ils espèrent une réaction de ma part. Nolwenn fait une sorte de grimace en penchant son visage et en me désignant le visiteur.

— Oui ?

— Tu ne dis pas bonjour, souffle-t-elle.

— Euh… si. Bonjour.

Le type a son poignet en suspension vers moi. Il doit attendre un check et surtout un petit rictus amusé.

— Avec le coude, c'est plus hygiénique, ne puis-je m'empêcher de rectifier.

Le petit air amusé fait place à une expression étonnée puis agacée. Il retire son poing immédiatement, se retourne vers Éliane lui indiquant qu'il sort les étagères. Nolwenn lève les épaules en signe de dépit. Je n'ai pourtant pas l'impression d'avoir commis un impair. Toucher les doigts boudinés de tout le monde en pleine COVID, le mec en plus, il est limite en matière d'accoutrement, je n'imagine même pas la teneur de sa journée.

— Quoi ? interrogé-je mon amie.

— Tu pourrais faire un effort, siffle-t-elle.

— OK. Pardon, je ne voulais pas vous offusquer, mais avec l'épidémie, l'hygiène est importante, je lui crie sans prendre la peine de me lever de mon fauteuil. Voilà, c'est mieux, je demande à Nolwenn avant de retourner à mon Kouign Amann.

Elle secoue la tête pas convaincue et file le rejoindre, comment l'a-t-elle appelé déjà ? Julien ?

J'en profite pour le détailler en douce. Il essaie de récupérer un morceau de bois sur la galerie de son fourgon. Son t-shirt s'est relevé dévoilant une chute de rein musclée… intéressant. Il se tourne… petit duvet sur le bas de son ventre… Abdos ? Oui, le monsieur est pourvu de cet attribut.

Mon corps et mon esprit sont déjà en mode vacances et… en mode dégoter un sexy boy pour la soirée. En tout cas, ce n'est pas en restant chez mamie Éliane que je vais le trouver. Je récupère Nolwenn et lui propose d'aller se promener à la découverte de la ville… et de ses éventuels BG.

# 4

## « Ne pas poser vos mains sur le pote de votre meilleure amie et encore moins votre bouche ! »

Nous déambulons dans les rues blindées de Perros-Guirec. J'ai eu le droit à ma petite leçon de morale en quittant la propriété. A priori, je n'ai pas marqué de points avec le jeune homme en question. Il m'a qualifiée de « parisienne » pour ne pas prononcer bourgeoise. J'ai promis de faire un effort pour m'adapter aux us et coutumes et autochtones. En attendant pour cette balade, j'ai sorti le grand jeu au niveau de ma garde-robe. Un mini-short blanc, haut de maillot de bain triangle que je dissimule en partie avec un top noir évasé qui dévoile mon épaule et ma poitrine, immense chapeau et lunettes Versace. Oui, oui, en mode star version Ibiza et je ne passe pas inaperçue. J'adore ! Après quelques boutiques, je traîne Nolwenn vers une terrasse blindée de sexy boys affriolants et récupère très facilement, deux numéros de téléphone pour mes futures soirées.

— Le Julien, tu as des vues sur lui ? lancé-je à mon amie en sirotant mon cocktail.

— Pourquoi l'appelles-tu Julien ? Il t'a perturbée à ce point ? rit-elle. Alan est son prénom. C'est un pote d'enfance, il n'y a jamais rien eu entre nous que de l'amitié. C'est une chose possible entre un homme et une femme.

— L'amitié… je suis moyennement convaincue. Je suis persuadée qu'à un moment ou un autre cela finit en partie de jambes en l'air, en toute amitié, bien sûr !

— Tu es incorrigible. Il te plaît, j'en suis certaine.

— Tu rigoles ? Never ! Il n'est pas mon genre. Et je te rappelle que tu m'as demandé de ne pas dévergonder tes potes d'enfance.

— Il n'a pas besoin de toi !

— Ah oui ? Il aurait une réputation de tombeur ?

— Non, de mec bien. Tu ne peux pas comprendre, me réplique-t-elle en hurlant de rire. Tu vas le revoir ce soir. Nous sommes invitées pour l'apéro chez ma copine Linda. Il y aura un autre célibataire. Lui, tu peux y aller !

— Il n'est pas dans tes petits papiers ?

— Non, c'est un connard arrogant. Alors, fais-toi plaise !

— Je ne sors pas qu'avec des connards ou débiles…

— Je ne t'ai jamais vue avec un mec bien. Il serait temps que tu y réfléchisses, tu mérites mieux que ces kékés des plages. Je ne le dis pas pour te blesser, uniquement parce que je tiens à toi.

— Tu es chiante ! C'est les vacances, alors laisse-moi m'amuser.

Elle me gave quand elle joue à la grande sœur qui essaie de me faire rentrer dans le droit chemin. Me divertir et profiter de la vie sont mes leitmotivs et certainement pas m'embarquer dans une histoire d'amour estivale.

Je me prépare tranquillement dans la salle de bains collective après une douche de l'horreur où le rideau en plastique a passé son temps à me coller. Robe noire échancrée, maquillage de soirée, talons vertigineux, le résultat me plaît. J'envoie du lourd. Je suis à plus de trente textos avec les deux charmants jeunes hommes de cet après-midi. Ils sont chauds comme de la braise. Je devrais pouvoir faire un peu d'exercice cette nuit. Mon cœur balance pour déterminer qui sera l'heureux élu.

Je souris toute seule de ma bêtise avec aucune intention de faire sérieux pendant ces quelques jours de congés, en fait aucune intention de faire sérieux du tout. Je ne me vois pas en ménage et j'ai fui tous ceux qui ont tenté de m'évoquer l'idée.

Trois couples, deux célibataires. Le comité d'accueil quand nous déboulons chez la copine Linda. Je suis reluquée de la tête au pied comme si je débarquais de la planète Mars. Tous sauf un, le fameux Alan-Julien qui a pris le soin de se changer. Exit les fringues pouilleuses pour laisser place à une tenue près du corps qui lui sied. Je le détaille sans aucune discrétion. Des épaules dessinées ? Oui, mises en valeur par la chemise blanche fit qu'il a enfilée. Biceps ? Les manches ajustées laissent deviner des muscles saillants. Je kiffe. Ses cuisses ? Elles sont bien moulées dans son jean. Je surkiffe. Et ses lèvres… un truc de fou, je n'arrive pas à m'en détacher. Lui, il me fixe droit dans les yeux. J'en rougis, mais pour autant ne lâche pas ses prunelles brillantes.

Coup de coude de Nolwenn. Elle me sort de ma rêverie contemplative. J'ai promis de faire des efforts alors je souris, check les poings de toute la bande, et dégaine mon gel hydroalcoolique. Pas folle la guêpe !

Je me retrouve assise à côté du connard arrogant : Erik. Je comprends mieux pourquoi il n'est pas dans les petits papiers de mon amie. Il est très loin de son style d'homme. Sur ce point, nous divergeons également. Nolwenn attend un prince charmant qui à mon avis n'existe pas. Elle est exigeante en la matière et a éconduit beaucoup de spécimens masculins. Quand nous nous sommes rencontrées, elle vivait une jolie histoire d'amour. Je le trouvais chiant comme ses pieds et je me demandais bien ce qu'elle pouvait chérir chez lui. Leur relation a fané lorsqu'il a fait le choix de partir travailler aux États-Unis. Nolwenn a refusé de le suivre, trop loin de sa famille et de sa Bretagne adorée. Elle a été triste quelques mois. Depuis, elle a vécu quelques passades, mais sans s'engager. Pourtant, elle mériterait. Mon amie a un cœur immense, elle est une personne de confiance et serait capable de déplacer des montagnes pour ceux qu'elle aime.

Le « Erik » qu'elle a qualifié de connard arrogant, il est loin du compte. Il blablate depuis une heure sur SA vie. J'ai beau être polie puisque j'ai promis de me tenir à carreau, il est insupportable. En plus, il est très « rentre dedans » le garçon avec des insinuations de plus en plus pénibles. Il a dû lire sur mon front « écarte les jambes au premier claquement de doigts ». Il me prend aussi pour une débile. Il a prononcé plusieurs fois, « vous les blondes ». Sa paume bifurque malencontreusement sur ma cuisse dénudée.

— Retire tes gros doigts, avant que je te les croque ! je le somme.

Tous les regards se tournent vers nous. Erik me lance un clin d'œil, il sourit vicelard et vient me susurrer à l'oreille un « je suis sûr que tu kiffes ça ».

Il était averti ? Un énorme coup de sang me fait oublier tous mes préceptes d'hygiène sur la COVID. J'attrape ses phalanges potelées, en riant niaisement et lui mords sa main baladeuse, mais franchement. Il hurle un « putain, t'es folle ».

— Non, je ne le suis pas, je lui rétorque. Tu me prends pour une *escort girl*. Erik... petit chou... tu n'as pas les moyens de t'offrir une fille comme moi.

Je me lève et file vers la sortie. Il m'a saoulée. Cette soirée m'a saoulée. Être assise, à boire des verres, manger des chipolatas et blablater... je ne suis pas dans mon élément. Même en voulant faire bonne figure et plaisir à Nolwenn, je ne m'intègre pas. J'adore la musique à fond, danser, passer de groupe en groupe, briller... et ne pas rester statique.

Un des petits plans de cet après-midi m'a filé rendez-vous dans une villa à quelques encablures : fiesta, champagne et basses à plein régime, tout ce que j'aime.

J'entends en quittant la propriété l'autre débile m'aboyer que je suis une « Parisienne ». Je le gratifie d'un doigt d'honneur puis descends la rue, *Google Maps* en visu pour rejoindre mon nouvel ami. Son prénom ? Aucune idée, je ne les appelle pas. Aucun risque d'erreur.

— Apolline, attends.

Je me retourne et découvre Alan. Je devrais filer mon chemin…

Mains dans les poches, petit air amusé, il se plante devant moi en me fixant avec ses pupilles luisantes noisettes. Un éclair interrogateur se déclenche dans mon esprit : ai-je déjà testé les yeux marron ? J'ai un doute. Je réfléchis… peut-être l'été dernier quand j'étais à Saint-Barth. Le moniteur de jet ski, un brun balancé comme un dieu, avait, me semble-t-il, des prunelles foncées. Je m'égare complètement. Mes neurones s'électrisent et s'embrouillent. Je ne vais pas me taper le pote de ma meilleure amie, quand même !

— Qu'est-ce qu'il a fait ? lance-t-il sans préambule.

— Impoli.

— Un comble !

— Je n'ai pas été impolie avec toi ?

— Particulière, me rétorque-t-il. Tu vis dans un monde différent du nôtre.

— Puisque tu le dis, je souffle en secouant ma tête. Salut !

Je tourne les talons. S'il croit que je suis d'humeur pour une leçon de vie, il se trompe. La seule que je tolère en mode bien, pas bien, c'est Nolwenn.

— Susceptible, hèle-t-il. Où vas-tu ?

— À la plage !

Je lui balance le premier truc qui me vient à l'esprit.

— Te baigner ?

— Non, bronzer ! je lui réplique du tac au tac devant ses iris écarquillés.

Il m'énerve.

— Si j'ai envie de nager, en quoi cela te dérange-t-il ? je poursuis.

— En rien. Tu n'es pas dans la bonne direction.

Je mate mon écran. La flèche bleue passe son temps à changer de sens. Je viens de faire un tour de pâté de maisons et suis presque revenue à mon point de départ. Je me concentre, lève mon smartphone vers le ciel telle une boussole. Oui, je sais... ma manœuvre est désespérée, un réflexe. Il me dévisage surpris et commence à esquisser un sourire moqueur. Je sens la remarque désagréable arriver.

— Je suis attendue, je lui balance pour lui clouer le bec.

Fin de non-recevoir. Je n'ai pas l'intention d'être sympa. Il m'agace au plus haut point.

— C'est où ton rencard ? tente-t-il.

Je tourne mon écran et lui montre ma destination. Il s'esclaffe et passe au stade exaspération.

— C'est à l'autre bout de la ville. Avec tes talons trop hauts, tu n'es pas rendue.

— Que tu crois, je lui réplique. Ils ne te plaisent pas mes escarpins ? lui susurré-je en me rapprochant dangereusement de lui, telle une panthère.

Il sursaute légèrement. Je souris. Avec mon mètre soixante-dix et mes pointes de dix centimètres, je passe le mètre quatre-vingts. Il me dépasse encore de quelques centimètres. Très bon gabarit, j'aime et me mords les lèvres. Je le frôle presque. Il mate ma bouche. Ma petite mimique a l'air de lui convenir. Je suis persuadée qu'il a envie de la dévorer. Je m'approche... lèvres délicatement entrouvertes, sensuelles. Il penche légèrement son visage vers moi. Est-ce qu'il va oser ? M'embrasser ?

Je secoue la tête en faisant non. Trop facile, il rêve. Il se recule. Ses yeux ? Des petits phares habillés d'une lueur excitée.

— Ils ne sont pas adaptés pour le périple que tu souhaites tenter. Comme tu veux, sinon, je t'accompagne à la plage.

Je le jauge quelques instants, hésitante. Il a du charme, indéniable. Et entre nous, risquer une entorse en traversant la ville et gâcher mes vacances, pour un mec dont je n'ai même pas retenu le prénom ? Une idée déraisonnable. Je reste dans le silence encore quelques minutes, afin de faire la fine bouche, souriante chipie. Mon téléphone n'arrête pas de biper. Le plan de ce soir est en mode énervé et un chouia trop impatient à mon goût.

— D'accord, je souffle.

# 5

## « Je m'en tape le coquillage ! » [4]

Pleine lune. La voûte céleste scintille de mille feux, la Voie lactée en toile de fond. Une mer d'huile reflète ce spectacle. Nous avons rejoint une petite crique, ornée d'immenses rochers lisses comme la paume d'une main. L'air est doux, le clapotis des vagues, un murmure enchanteur. Je mate à gauche à droite, en me demandant à quel moment la bande de Mexicains, sombreros vissés sur la tête et banjo à la main, débarque pour nous jouer la sérénade. J'ai été polie et posé quelques questions d'intérêt lors du trajet. Il est charpentier de marine et a créé sa propre boîte. Un vrai passionné, il m'a conté, non sans fierté, son parcours professionnel. J'ai poussé des petits oh et ah d'admiration. En vrai ? Je m'en tape le coquillage de son métier. La seule chose que j'ai retenue ? Son travail est physique et il a donc de la force dans les bras. Je comprends mieux ses jolis muscles saillants, et comme il sera le plan de la soirée, autant qu'il puisse me porter. Je kiffe les mecs qui vous agrippent sauvagement.

Oui, J'AI DÉCIDÉ qu'il serait la petite friandise acidulée de cette belle nuit d'été.

Mes doigts de pieds flirtent avec l'eau gelée. Je sors une bêtise, genre le dernier à la mer est une poule mouillée, défais la fermeture de ma mini tunique en le dévisageant, l'ôte. Tangua, soutien-gorge dentelle transparente, je balance ma robe et fonce vers l'écume. J'entame un crawl, me retourne et remarque que mon sexy boy n'a pas suivi.

---

[4] Version bretonne de l'expression « je m'en tape le coquillard »… non officielle, décidée par l'auteure et sa bande de copines !

— Froussard, je lui assène.

Il éclate de rire et commence un strip-tease comme je les aime. Chemise, bouton par bouton en prenant son temps. Petit coup de chaud, il est gaulé de chez gaulé et a un tatouage tribal sur un de ses biceps. Je bouillonne. Les tatouages ? Un détail sexy dont je raffole. Ceinture, passant par passant, lentement… il ôte son jean et me rejoint en boxer.

— Jusqu'au rocher, cela te tente ? je lui propose alors que nos corps sont à quelques centimètres l'un de l'autre.

— Non.

Sans préambule, il attrape ma nuque et ses lèvres viennent s'écraser sur les miennes. Déroutant. Pourtant, je le laisse faire. J'aime les hommes entreprenants sans bonnes manières. Celles-ci me ravissent. Elles sont douces. Il me dévore. Sa langue impétueuse entame un ballet enjôleur. C'est goûteux et même délicieux. Je gémis sans me forcer. Il passe rapidement à la vitesse supérieure et attrape le petit morceau de dentelle provocant qui cache ma poitrine. Il l'explose d'un geste sûr. Mince, un Lise Charmel qui me plaisait bien. Il me mate sans retenue en soufflant un « tu es canon ». Son épiderme luit de minuscules gouttes d'eau de mer. Il est sexy et me fait un effet de dingue. À mon tour, je m'empare de ses lèvres sur lesquelles j'ai fantasmé. Mon pouce et mon index se promènent sur son torse. Je viens l'effleurer avec ma poitrine, un déclencheur. Le frôlement de nos peaux mouillées est addictif. Mes mains s'égarent dans ses cheveux, tandis que sa bouche tète sans retenu mes tétons durcis. Je lâche prise et le laisse mener la danse. Ses phalanges se faufilent sous mon tanga, empoignant mes fesses. Mon antre se resserre. Il me plaque contre lui. Je lui fais beaucoup d'effets. Je le sens palpitant, à l'étroit dans son boxer moulant. Il est voluptueux, doux et farouche à la fois. Ses doigts deviennent inquisiteurs. Brûlants et sensuels, ils s'attardent sur mon clitoris. Ils tournoient, me déclenchant des spasmes électrisants. Mon souffle est court, mon ventre se contracte. Je soupire bruyamment et m'abandonne. Ma tête tombe à la renverse, je ne retiens plus rien. Je frémis, jouis, une myriade de petites étincelles explose dans mon esprit. Il saisit mes cuisses et me visse contre sa taille. Je m'agrippe à son cou, l'embrasse sauvagement.

— Je te veux en moi.

Le seul truc que j'arrive à prononcer. Il vient de m'offrir un orgasme d'enfer et j'en réclame encore. Il me porte vers le rivage. Je dévore ses lèvres sexy à mort.

— J'ai un préservatif dans ma pochette.

— Où sont tes affaires ? me demande-t-il en me reposant.

Petit coup de tête à gauche à droite. Avec la pleine lune, la plage est éclairée comme en plein jour. Je repère vite mon sac et mes talons laissés sur un rocher et ma robe... Quelle idiote ! Je l'ai balancée sur le sable oubliant qu'en Bretagne, un phénomène appelé marée, a une fâcheuse tendance à absorber toutes les douze heures ce qui traîne malencontreusement. Je me mets à trembler comme une feuille. L'eau devait être au maximum à dix-huit degrés. Le vent s'est levé.

— Tu es trop forte, éclate-t-il de rire.

Il fonce vers un rocher, récupère sa chemise qu'il a eu l'intelligence de placer au sec, me la file et enfile son jean. Mes désirs de sexe débridé fondent comme neige au soleil. Une Gucci, la robe...

— Merci, je chuchote un peu bête, bien contente de ne pas rester en tanga.

Pourtant, j'ai très envie qu'il poursuive. Je ne suis pas rassasiée. Vu la petite démonstration qu'il vient de me faire, j'imagine que la suite devrait être très prometteuse. Je frôle son buste dénudé du bout des doigts, attrape farouchement cette bouche charnue et sexy à souhait. Ma langue explore le moindre centimètre carré de sa peau, léchant son cou, son torse, délicatement salé. Son souffle s'accélère. Je continue ma découverte. Sa pointe s'attarde sur ses pectoraux puis le bas de son ventre. Mes phalanges viennent compléter cette mise en appétit. J'ai une idée très précise du plaisir que je vais lui offrir. Une jouissance masculine. Sans aucune retenue, je m'agenouille, petit coup d'œil coquin, enserre sa queue et le lèche, le faisant grogner d'excitation.

Il me stoppe en attrapant mes cheveux, me redresse, me porte de nouveau pour me caler contre un rocher. Son bassin vient percuter le mien. Une danse érotique démarre entre nous, nos yeux pris les uns dans les autres. Son rythme est effréné. Mon souffle devient rauque, haletant. J'enfonce mes ongles dans la chair de ses épaules. Intense, jouissif, un truc qui vous chamboule vous retourne le cerveau et déclenche une envolée de papillons.

Il m'étreint longuement dévorant mon cou de petits baisers. Désagréable ? Non, plutôt savoureux. Dans mes principes, l'*after love* plus il est court mieux c'est. Cela évite de s'embrouiller l'esprit avec des niaiseries post-sexe. Je feins d'être gelée pour mettre fin à cette tornade de tendresse. En vrai, mon corps bout, je ressens encore des vagues post-orgasmiques.

Nous remontons vers la maison d'Éliane. Il tente de prendre ma main. Je serre mes bras contre ma poitrine pour prévenir ce contact. L'adieu ne va pas être des plus simples. Je commence légèrement à stresser. La voix de Nolwenn résonne en moi : « pas touche ! ».

— Bah… c'était cool. Je te refile ta chemise. Bonne nuit, je bafouille maladroitement.

— Euh… c'est tout, salut. On peut s'échanger nos numéros.

— Pour faire quoi au juste ?

Il se décompose et me dévisage comme si je venais de dire la pire ânerie du siècle. Mon sexy boy de ce soir n'a pas vraiment l'air sur la même longueur d'onde. Le plan : on se revoit et on se câline tout l'été, Never !

— Alan, c'était de la baise. Rien de plus. Il n'y a pas de flirt entre nous.

Je retire illico sa chemise, la lui balance et entame un sprint pour retrouver l'annexe chaumière, sans lui laisser le temps de riposter quoi que ce soit. Entre nous, il devrait être content, je ne l'ai pas appelé Julien.

Dimanche matin, je me prélasse au soleil, confortablement installée dans un transat moelleux, la jolie vue sur la mer sous mes yeux. Je soupire de plaisir. J'ai piqué un livre dans la bibliothèque de mamie Éliane. Une histoire d'amour interdite avec un capitaine de pompiers sexy et comme je kiffe aussi les beaux gosses en uniforme, ce roman me ravit et m'émoustille. Il faudra d'ailleurs que j'aie une petite conversation avec Éliane sur le choix de ses lectures.

Je suis rejointe par Nolwenn. Nous ne nous sommes pas revues depuis mon départ fracassant.

— Tu as passé une bonne nuit ? attaque-t-elle.

— J'ai dormi comme un loir !

— Alan t'a couru après. Jure-moi que tu n'as pas couché avec lui ?

Je sens le sermon arriver.

— Je n'ai pas roupillé avec… Baisé, oui.

— Apolline ! On avait dit « pas touche ».

— Arrête, c'est un grand garçon. Il m'a proposé d'aller à la plage. Je ne l'ai obligé à rien. Et à un moment, cela a dérapé.

— Il n'est pas un coup d'un soir. J'espère que tu as été clean ?

— Oui, j'ai dit bonne nuit poliment.

Elle souffle en secouant son visage. Pour changer de sujet de conversation, je lui montre la couverture du livre que je tiens dans mes mains et lui annonce :

— Sais-tu que ta mamie Éliane lit des romances érotiques ?

— Quoi ?

— Je te jure.

Elle pouffe, attrape mon poignet pour me sortir de mon cocon, direction la cuisine pour préparer un pique-nique dominical. Je me retrouve entourée des cinq femmes hautes en couleur de cette famille d'adoption à écosser des légumes. Moi ? Je ne pensais même pas qu'une carotte s'épluchait. Des rires, des bavardages, des confidences. Je ne peux pas le nier, j'adore cet instant.

Bizarre… je me sens différente, naturelle, sans filtre. Comme si les petites choses du quotidien pouvaient me rendre plus heureuse.

# 6

## « La grande classe à Daoulas… ! » [5]

La grande plage de Trestraou est blindée de familles venues profiter de cette journée estivale. J'ai d'abord cherché le coin VIP avec transats privés et personnels dédiés. « À même le sol, avec ta serviette », ont hurlé de rire Maïwenn et Nolwenn. Un frisson a parcouru mon échine en imaginant des grains de sable se faufiler dans mon maillot échancré, mon verre de rosé d'Anjou et dans les salades que nous avons préparées. Je prends sur moi et allonge mon drap de bain en me convainquant que je vais survivre.

Après le déjeuner, je respire les embruns à pleins poumons. Cette famille est attachante. Ils ont fait fi de mes manières bourgeoises. Petit à petit, je me laisse aller avec eux. La vraie Apolline ? Pâtés de sable avec Enzo et Oscar, beach-volley avec mes copines, je ne me reconnais plus. Je suis d'une humeur incroyable. Détendue, heureuse, certainement l'atmosphère iodée.

Tél. à la main, j'admire mes petits doigts de pied étendus sur ma serviette à même la plage. Je réponds au mec que j'ai snobé hier soir. Il ne lâche pas l'affaire facilement et n'a pas l'air trop offusqué de mon lapin. Parfait, au moins lui, il ne me fera pas de complication pour une suite. Il me propose un rencard ce soir. J'hésite. Étonnant. Dans mon esprit défilent les images de ma nuit. Le corps d'Alan, cette façon d'épouser le mien, son ardeur… J'ai pris un pied d'enfer, limite je pourrais en redemander. Mauvaise idée, j'arrête tout de suite. Sa

---

[5] Version bretonne de l'expression : « La grande classe à Dallas ! »

bouche..., je fonce vers l'eau gelée pour éteindre ce début d'incendie qui me dévore.

Longtemps, je dérive sur le dos au creux des vagues, perdue dans mes pensées. J'ai un léger sentiment de culpabilité vis-à-vis de mon comportement avec Alan. Je n'ai pas été classe. Un nœud s'est formé dans mon ventre. Pourtant ce n'est pas dans mes habitudes d'avoir des remords. En laissant passer deux ou trois jours et en l'évitant, tout devrait rentrer dans l'ordre.

Je rejoins le clan de Nolwenn resté sur la plage, en petite foulée, bien refroidie et mon esprit au clair. Je me stoppe à quelques mètres. Alan est assis sur ma serviette et papote tranquillement avec Éliane. Un troisième mouflet a fait son apparition, une fillette. J'ai comme un doute sur l'identité de son père. D'un nœud, une angoisse émerge. J'aurais presque un réflexe de me planquer si je n'étais pas en train de grelotter. J'hésite quelques instants. Je n'ai pas envie de me retrouver face à lui. Je tourne les talons pour me balader sur la plage bien que je sois complètement frigorifiée. Avec un peu de chance, il ne va pas s'éterniser. Malheureusement, je suis repérée par Oscar et Enzo qui me courent après seaux et pelles à la main. La petite fille les suit. Foutu, je ne peux plus filer en douce. J'inspire, avance en essayant de figer mon visage pour ne pas montrer ma gêne.

Les trois garnements ne me lâchent pas d'une semelle, ils exigent un nouveau château de sable. J'interroge les deux garçons sur l'identité de la jeune demoiselle.

— C'est ma fille, prononce une voix dans mon dos.

Je reconnais les intonations. Cette nuit, elles m'ont susurré que j'étais canon. Je pivote lentement. Alan me dévisage, amusé.

— Ah oui ? je lui réponds suffisante. Et ça, c'est MA serviette, je balance nerveusement en montrant du doigt le drap de bain.

Il se referme aussitôt. Pourquoi suis-je limite agressive avec lui ?

— Allez les enfants, c'est jour de chance, on va faire un immense château de sable.

J'embarque bien vite mon petit monde pour échapper à son regard. Je fuis ! Imaginez-moi à quatre pattes en train de flinguer ma manucure à jouer la nounou d'enfer avec trois mioches. De la science-fiction ! Entre deux pâtés, je pose quelques questions de curiosité à la demoiselle. Du haut de ses trois ans, elle a la langue bien pendue. Maëlle est son doux prénom. Elle m'explique avec ses mots de petit ange que son papa, le fameux Alan et sa maman ne sont plus amoureux parce qu'il l'empêchait de dormir. En résumé, ils se criaient dessus. Les enfants tournent autour du pot, vraiment.

Mon sexy boy breton est père… raison de plus pour ne plus l'approcher. Il est venu récupérer sa fille sans me calculer, quelques instants après. Tant mieux, nous sommes sur la bonne voie : s'ignorer.

19 h. Nous attendons Linda dans le salon extérieur. Depuis un quart d'heure, Nolwenn m'assaille de reproches. Elle ne comprend pas mon attitude avec son pote et cherche à me tirer les vers du nez.

— Tu baises avec lui et ensuite tu te la joues hautaine.

— OK. C'était une mauvaise idée. Je n'aurais pas dû. On discute d'un autre sujet, je lui réplique énervée. Tu aurais pu me dire qu'il avait une fille.

— Qu'est-ce que cela change, tu ne vas pas emménager avec lui.

— Très drôle !

— Je t'ai précisé qu'il était un mec bien. Tu ne m'écoutes pas. Quand tu décides que tu ne passerais pas ta nuit seule, rien ne t'arrête.

— Je ne l'ai pas forcé non plus.

— Heureusement ! Je te connais par cœur. Jamais, tu n'es gênée. Je suis persuadée qu'il te fait plus d'effet que tu ne veux l'avouer.

— Pfft. N'importe quoi.

— Mauvaise foi ! s'esclaffe-t-elle. Apolline, sérieux, il a vécu une séparation difficile. Aujourd'hui, il va mieux. Je n'aimerais pas qu'il souffre de nouveau.

— Promis, juré, plus touche.

Je lève ma main en signe de serment et check la sienne.

Linda déboule et petit à petit, la bande d'amis de Nolwenn débarque. Je ne suis pas pressée de revoir l'idiot d'Erik. Alan ? Je ne préférais pas non plus. Je suis en stress dès que je pense à lui, ne sachant pas quelle attitude adopter. Ce n'est pas dans mes habitudes. Vraiment, qu'est-ce qui m'arrive ?

20 h. Pas d'Alan ni d'Erik à l'horizon. Je me détends. Ses amis sont cools et trouvent que j'ai eu grandement raison de renvoyer l'autre tocard dans ses six mètres. D'ailleurs, nous avons une crise de fou rire quand ils me font remarquer qu'il avait mes crocs dessinés sur sa main.

21 h. Les deux compères déboulent… très éméchés. Le fameux Erik prend place et très vite, on entend plus que lui. Il est puant. J'ignore Alan, pas de check ni quelconque geste de sympathie. Il fait partie du paysage. Pourtant, il est installé en face de moi. Je sens son regard appuyé. Gênant, je joue avec mon Instagram en postant des photos de mon pique-nique dominical pour me donner une contenance.

Ils n'arrêtent pas de faire des messes basses tous les deux et ensuite ils me dévisagent en s'esclaffant. Je déteste. J'ai un pressentiment genre entourloupe XXL.

— Tu as passé une belle nuit en Bretagne ? m'apostrophe Erik, les pupilles luisantes d'un air mauvais.

Je n'ai pas le temps de lui balancer une réplique sanglante. Il prend le téléphone d'Alan autoritairement. Celui-ci essaie de l'intercepter en aboyant un « putain, ne fais pas ça ».

— Arrête, c'est drôle, répond Erik.
— Non, ordonne Alan.

Il se lève bien vite pour l'empêcher de récupérer son smartphone. Erik me jauge avec un air de défi et appuie sur l'écran. Tous les téléphones posés sur la table au milieu des verres et quelques paquets de cigarettes bipent. Tous sauf le mien.

Quelques instants de flottement, nous les dévisageons sans comprendre. Linda est la première à dégainer et s'en emparer. C'est fou quand même à la vitesse où les gens se précipitent dès qu'une notification sonne. Ils ont tous les yeux fixés sur l'écran. Erik jubile. Alan a baissé son regard. Ses potes s'exclament de stupeur, posent leurs paumes sur la bouche et leurs têtes rivent vers moi. Je me fige. Nolwenn est déconfite. Mon cœur s'emballe. Mes mains tremblent. Je chope le smartphone de mon amie qui a le temps de me souffler :

— Tu ne vas pas aimer.

Un cliché.

De la nuit dernière.

Je suce Alan.

Aucun doute sur mon identité, ma tignasse est reconnaissable parmi mille.

Le con.

Il m'a prise en photo.

Mon rythme cardiaque s'emballe. Des grands bangs dans ma poitrine. Je pourrais hurler, l'insulter. Dégradant, petit joueur... Plutôt que de l'assassiner avec des noms d'oiseaux, je me contrôle, entortille une mèche de cheveux autour de mon index et adopte un air niais et supérieur :

— Alan... on ne voit pas ta queue. C'est dommage. En plus, tu n'as pas pris mon bon profil. Tu aurais dû me dire que tu voulais un souvenir, on aurait posé.

Une volte-face générale, il est maintenant la cible de tous les regards. Baltringue, voilà le terme qui résonne dans ma tête.

— Un gars bien ? lancé-je à Nolwenn. C'est à mourir de rire.

J'attrape mon tél., sans lui laisser le temps de me répondre, appelle le mec impatient qui désespère de me voir et lui demande bruyamment où le rejoindre histoire que l'autre imbécile le comprenne.

21 h 30. Je me suis réfugiée sur la plage pour pleurer comme un bébé. J'ai honte de mettre abandonner dans ses bras et d'avoir aimé. Stupide et vexée, je me sens trahie. Habituellement, je gère et repère les petits malins. Lui, on lui donnerait le Bon Dieu sans confession. Je me suis fait avoir, un vrai bleu.

22 h. J'ai séché mes larmes, parfait mon maquillage, direction *le Bahia* un troquet collé à la plage pour retrouver le jeune homme impatient et faire la fête. À ma façon. Je pense que les Bretons n'ont encore rien vu.

23 h. Après une tournée générale de plusieurs bouteilles de champagne rosé avec les potes du peut-être futur plan de ce soir, je suis sur la piste de la *Cabane Bambou* à proximité de Perros-Guirec, le seul bar dansant à des kilomètres à la ronde. Je m'en donne à cœur joie. Est-ce que je me fais remarquer ? À moins d'être myope et d'avoir oublié ses lunettes, mon déhanché avec ma mini robe, perchée sur un cube au milieu du *dance floor* ne passe pas inaperçu. En mode Ibiza, version *full moon party*, le charmant jeune homme n'en loupe pas une miette. Il a de l'espoir, il peut, l'espoir fait vivre. En tout cas, je m'éclate.

Nolwenn m'a envoyé une série de textos pour tenter de me retrouver.

*Je gère !!!!*

Le seul que je lui ai adressé. Elle me connaît suffisamment pour savoir que quand je me lâche, plus rien ne m'arrête.

Minuit. Je suis accolée au bar coupe de champagne à la main et devinez qui déboule… Erik, accompagné de quelques amis de Nolwenn et du photographe en herbe, Alan. Ils ne m'ont pas encore aperçue pour le moment. Une idée de génie éclaire mon esprit. J'ai bien envie de leur rendre la monnaie de leur pièce, à commencer par le connard arrogant. Il a appuyé sur la touche transfert.

Mon père m'a enseigné une doctrine : ne jamais tolérer de se faire marcher sur les pieds et redonner coup pour coup à ses ennemis.

Je forge un plan. Vu le loustic, je suis persuadée de le harponner en moins de deux. Il se rapproche du comptoir pour passer commande. C'est maintenant. Quelques pas, je passe devant Alan en l'ignorant. Il me repère, je l'observe se figer. Je pose délicatement ma paume sur l'épaule d'Erik.

— Mon chou, tu m'offres un verre ?

Il fait demi-tour et me découvre. Un peu surpris au départ, très vite un air satisfait se dessine sur son visage. Faut dire que j'ai pris mon allure chipie et pincé ma lèvre.

— Princesse, avec plaisir.

Je papillonne des yeux, lui souris coquin et me colle contre lui. Regard vers Alan, il est raide comme un piquet.

— Pour la photo, c'était de l'humour. Alan et moi, on avait fait un pari. Tu m'as navré en le choisissant. Cela va me coûter une bouteille de whisky.

J'hallucine, de mieux en mieux. Je me contrôle pour ne pas le mordre une nouvelle fois ou le baffer tellement il est puant. Un pari ? La grande classe à Dallas.

— Je suis désolée mon chou. Ton pote, c'était décevant, une erreur de casting. J'espère que tu sauras me pardonner, je suis persuadée qu'avec toi, cela aurait été… différent, je lui chuchote au creux de l'oreille.

Imaginez sa tête, gonflée par la testostérone et l'orgueil. Ferré, il n'en peut plus.

— On peut arranger ça. Tu viens, on va prendre l'air.
— D'accord.

Il empoigne ma taille, et nous dirige vers la sortie. Nous passons devant Alan. Je le toise puis lui lance un sourire forcé. Il fait furieux.

Erik tente de m'embrasser à peine franchies les portes du bar. J'évite sa bouche de peu, lui vends que j'ai trop envie de m'occuper de lui et qu'il va vivre un pied d'enfer. Pas difficile à convaincre, je le traîne vers le bord de mer, à l'écart des regards indiscrets et le colle contre la balustrade. Nous sommes éclairés par la lune, pleine de nouveau ce soir ce qui arrange bien mes affaires. Je passe mes doigts sous son polo pour l'émoustiller un peu. Je défais rapidement son pantalon, et boxer que je glisse sur ses chevilles. Il n'envoie pas du rêve. Il porte des chaussettes de tennis blanches, hautes avec un liseré rouge. Je prends sur moi. En plus, il ne peut s'empêcher de me lancer, un « elle te plaît ». J'éclaterais bien de rire. Je me contiens, je n'ai jamais vu aussi hideux.

— Tourne-toi, Erik. Montre-moi tes jolies fesses, je souffle en gémissant.

— Quoi ? répond-il, étonné.

— Tu vas expérimenter de l'inédit, le kiff d'enfer. Je suis persuadée qu'aucune fille ne t'a fait un truc pareil, je lui susurre ma poitrine bien mise en avant sous ses yeux. Et penche-toi un peu.

Ni une, ni deux, il s'exécute. Je lui empoigne les fesses et les malaxe. Il gémit. D'une main, je frôle sa raie. De l'autre, je filme ce magnifique spectacle avec mon téléphone en mode nocturne. Il pousse des petits râles de satisfaction. Je ne lui en demandais pas autant. Pour enfoncer le clou, je lui réclame de me dire qu'il adore en citant son prénom. Il le prononce sans se faire prier, même avec une voix bizarre. Dans la boîte, validé.

— Erik, je n'aime pas tes fesses et ta queue, elle est vraiment moche.

Je pars en courant me planquer dans les rues adjacentes. Je l'entends crier des « Apolline ». Vu les intonations, il est sérieusement énervé. S'il me rattrape, je suis sûre de passer un sale quart d'heure. Une fois à l'abri, j'appelle Nolwenn pour qu'elle vienne me récupérer. Je suis très satisfaite de moi. Maintenant, on va s'amuser.

# 7

## « L'eau salée, avez-vous testé ? Pas terrible… »

Lundi, en fin de journée. J'attends assise sur un banc de l'esplanade de Trestraou. Je mate l'entrée d'un bar dans l'espoir de voir apparaître Erik. Nolwenn m'a expliqué qu'il y avait ses habitudes. J'ai passé quelques heures à préparer ma vengeance, appelé quelques amis qui jouent comme des virtuoses avec les profils Facebook et Insta, de n'importe qui. Nolwenn m'a encouragée à faire sa fête à ce pauvre type.

Il arrive, accompagné de deux autres hommes que je ne connais pas et d'Alan. Je souris, il est vraiment prévisible le garçon. Je leur laisse le temps de s'installer confortablement dans la loggia.

« Prends tes aises. Tu ne vas pas être déçu », je murmure entre mes lèvres.

Je traverse tranquillement la rue, monte les quelques marches de la terrasse et viens me planter devant leur table.

— Salut, Erik, je lance.

Ils lèvent tous leurs regards vers moi, étonnés. Mon smartphone est dans ma main, bien visible. J'appuie mon index sur l'écran, en prenant tout mon temps lascivement, et leur balance :

— Œil pour œil, dent pour dent.

Tous les téléphones bipent en même temps.

Petit sourire malicieux. Je tourne les talons. Je l'entends hurler « c'est quoi ce bordel ». Trois fois rien : dix secondes de ses grosses fesses se trémoussant en bord de mer, lui gémissant et s'égosillant qu'il adore. J'ai été sympa. Elle n'est pas visible en mode public, seulement de ses deux cents amis.

Je remonte vers la maison d'Éliane et bifurque au dernier moment pour rejoindre la crique abritée aux rochers lisses. Il fait bon. Je prends goût à me baigner dans la Manche. En soirée, je l'ai presque pour moi uniquement. Je retire ma robe, prête à me lancer dans les vagues.

— Apolline.

Je me retourne en entendant mon prénom. : Alan, mains dans les poches, petit air amusé. Je reste droite comme un I, aucune expression sur mon visage.

— À quelle sauce vas-tu me dévorer ? me demande-t-il.

Je le détaille un long moment. J'expire, secoue la tête, me tourne et fonce vers la mer. Je n'ai pas envie d'amorcer une conversation avec lui et encore moins d'avoir un embryon d'explication. J'entame un crawl dans les vagues pour aller toucher une bouée qui est mon point de repère. La houle s'est formée, je me concentre sur ma respiration et mes mouvements pour tenir la cadence. Mon pied se fait alpaguer par ce que je devine être un poignet, je bois immédiatement la tasse et essaie tant bien que mal de me débattre. La prise se relâche.

Je sors de la mer furibonde en toussant. L'eau salée, vous avez testé ? Pas terrible.

Alan. Il m'a suivie. Nous nous faisons face au creux des vagues. Je lève ma main pour le gifler, mon premier réflexe. Il esquisse aisément mon mouvement désespéré. Avec la houle, je vacille, perds l'équilibre et finis tête la première dans les flots. Deuxième tasse quand je tente de remonter et qu'un rouleau m'emporte. Je confirme l'eau salée, ce n'est vraiment pas terrible. Je tousse à m'en décoller les poumons.

— Désolé.

— Je n'en veux pas de tes excuses, je siffle entre deux quintes.

— Laisse-moi seulement t'expliquer…

— De comment m'humilier pour gagner une bouteille de whisky, c'est ça que tu vas essayer de m'argumenter ? Non merci.

Je fonce vers la plage en fendant les vagues, agacée. Il me rattrape et me saisit le poignet.

— Attends Apolline.

— Lâche-moi !

— Je ne sais pas comment m'y prendre avec toi.

— Ne cherche pas de mode d'emploi, il n'existe pas. Ignore-moi ! Oublie-moi !

Je fulmine en atteignant le sable. Je récupère ma robe, l'enfile à la va-vite…

— Tu m'as snobé. J'ai détesté ton attitude. Et j'ai accepté ce pari idiot.

— Ah oui ! Super défi que de s'envoyer en l'air avec moi en premier ? J'espère que tu lui as donné des détails croustillants.

Il inspire et lève ses épaules de dépit.

— Non… Je ne sais pas comment me faire pardonner. Je pense que te dire que je suis désolé, ne va pas m'aider. Je peux essayer de t'expliquer ? tente-t-il avec des prunelles charmeuses.

Entre nous, il méritait le même sort que son pote. D'ailleurs, je me demande pourquoi je ne lui ai pas pourri son profil ? Et pourquoi, j'ai un peu envie de l'écouter.

— Vas-y pour l'histoire que je me marre !

— Ce n'est pas possible d'avoir un caractère de merde à ce point, me rétorque-t-il.

J'écarquille mes prunelles. Il ne devait pas s'excuser en me jouant la sérénade ?

— Tu te la pètes de trop, continue-t-il. Bourgeoise, comme si nous étions inférieurs à toi. Tu débarques et tu es suffisante.

J'hallucine. Je voudrais répliquer, il ne m'en laisse pas le temps et poursuit ses doléances.

— Et tu me dévisages, étrangement comme si je t'intéressais, ensuite, tu me snobes… je m'y retrouve comment ?

— Tu n'étais pas censé t'excuser ? demandé-je incrédule.

— C'est ce que je fais.
— Bizarrement alors !
— Tu vois, tu continues. Tu es en mode star... c'est insupportable. Tu viens à une soirée barbecue, habillée comme si tu allais à un mariage... tu te fous du gel dès que tu nous touches, tu parles d'hygiène... Tu abuses.

Je reste sans voix. À quel moment prononce-t-il un « je suis désolé Apolline, j'ai été un tocard sans nom » ?

— Ton maquillage a coulé.

Voici sa réponse. Il passe son pouce sous ma prunelle.

Je ne me rebelle pas, surprise.

— C'est mieux. Tu as des yeux magnifiques, pas besoin de les farder.

Ses doigts s'attardent sur ma joue. Ils ne devraient pas. Ils descendent, remontent délicatement. Une douce caresse. Je ferme les paupières et m'imprègne de cet effleurement savoureux. Mon visage se penche subtilement. Petit à petit, ils glissent vers mes lèvres. Son pouce les frôle, cajole leur renflement. Je les entrouvre par réflexe. Mes yeux s'éveillent et se prennent dans les siens. Ils sont en feu. Nos poitrines se soulèvent en rythme. Un moment hors du temps. Je n'entends plus le bruit des vagues ou du vent. Le seul son de mon cœur qui bat la chamade emplit mon esprit. Sa bouche vient cueillir la mienne, s'entrecroiser. Je perds pied, des frissons picotent ma peau. Tout doucement, ses mains s'égarent sur mon visage, se fixent sur ma nuque. Moi ? Je ne bouge pas les bras, ballants le long de mon corps. La pointe de sa langue joue délicatement avec la mienne. Mince, ce n'est pas un baiser anodin, pas du genre à préparer une partie de jambes en l'air. Non, un vrai qui vous chamboule, vous fait planer, un baiser... d'amoureux.

Un éclair de lucidité me transperce. J'appose mes paumes sur ses pectoraux et le repousse sans ménagement. Il plaisante ou quoi ? Il y a moins de vingt-quatre heures, il me prenait en photo avec sa queue dans ma bouche et maintenant, il joue au prince charmant. Hors de question ! J'ai aussi un énorme doute sur ses intentions. Il serait bien capable d'essayer de me fourrer dans son lit pour filmer une *sextape* ou autre machin débile pour venger son pote. Il a un air ahuri. Je secoue mon visage.

— Non, non et non !

Je pars en courant, oubliant mes chaussures et remonte en furie vers la villa d'Éliane. Le seul truc qui me calme ? L'allée gravillonnée qui longe la propriété. Elle met en feu les coussinets de mes petits pieds délicats. Je jure comme une poissonnière à chaque pas. Je suis en rage. Oui, énervée. Comment ai-je pu m'abandonner de la sorte ?

Nolwenn apparaît inquiète au bout du chemin.

— Où étais-tu ? Je te textote depuis une heure, me demande-t-elle.

— Putain de gravillons ! Ça fait un mal de chien.

— Attends, je vais t'apporter des pompes.

Elle revient quelques instants plus tard avec ma paire de tongs.

— Pourquoi n'as-tu plus tes chaussures ? Tu as fui Erik, il t'a trouvée ?

— Erik ? J'ai balancé la vidéo sur son Facebook avant de quitter le bar. Ensuite, je ne l'ai pas revu.

— Il est venu ici, très énervé, il te cherchait.

— Je m'en fous de ce type et je n'ai pas peur de lui ! Il l'a mérité. Il ne va pas se faire passer pour une victime. La vidéo n'a pas été plus d'une demi-heure sur son compte. Il n'est pas le centre du monde non plus et elle n'a pas dû déclencher dix mille likes, et puis mince !

— Éliane l'a mis à la porte et lui a dit ses quatre vérités.

— J'adore ta mamie.

Elle prend son petit air suspicieux.

— Alors pourquoi es-tu aussi énervée ? Où étais-tu ?

— Bah, la plage, normal, pour nager tu vois… L'autre, il arrive et tu sais quoi ? Il ne s'excuse pas ! Il me coule, ensuite il me démaquille. Ah, j'oubliais, il me dit des phrases pas sympas, genre je suis une bourgeoise et paf il m'embrasse, un baiser de cinéma, le truc boum boum. Tu en penses quoi ?
— Que je n'ai rien compris !
— C'est simple pourtant, je fulmine.
Elle éclate de rire.
— Tu es accro ! J'imagine que l'autre c'est Alan ? Il m'a appelée.
— Je ne suis pas accro. Je ne suis pas en mode love « cui cui » les petits oiseaux, je suis énervée ! J'ai bien entendu ? Il t'a appelée ?
— Oui.
— Et ?
— Tu veux vraiment savoir ? Si tu t'en moques, quel intérêt ?
— Tu es chiante. Je ne le comprends pas !
— Lui non plus. Il s'inquiétait. Il a tes chaussures et bons espoirs que tu viennes les récupérer chez lui.
— Qu'il les garde !
— Apolline, calme-toi. Je ne t'ai jamais vu dans un état pareil pour un homme.
— Il a une attitude anormale.
Elle pouffe, s'approche et me cajole dans ses bras.
— Il est différent des autres, c'est tout.
— Tu crois ? lui demandé-je d'une petite voix. Peut-être que c'était encore une entourloupe pour venger son pote ?
— Non, j'en suis sûre. Il était remonté contre Erik.
Elle enserre mes doigts et me traîne vers le salon extérieur. Éliane est installée confortablement un bouquin à la main. Elle tapote le siège à côté d'elle.
— Petit souci de cœur ? interroge-t-elle.
Nolwenn sourit et pose sa paume sur mon épaule.

— Avec ma mamie, nous n'avons pas de secrets.

Je m'assois, plante les coudes sur mes genoux, le visage sur mes mains, puis expire.

— Compliqué, j'explique.

— Je vais nous chercher une bouteille de vin et nous allons papoter entre filles.

Elle a une sacrée descente, Éliane. D'une bouteille, nous sommes passées à deux, puis trois quand Maïwenn, Gwen et Isabelle sont venues nous rejoindre. Nous avons fini par mettre la musique à fond, et danser comme des folles. J'ai lâché prise et raconté pourquoi j'étais si perturbée. Éliane et Nolwenn m'ont demandé de me laisser aller. Je n'ai jamais fait, alors je flippe.

# 8

## « Les Bretons ?
## Pas vraiment détendus du slip… ! »

— Gaine-toi, Apolline !
— Arrête ! Je suis toute serrée de partout.
— Serre plus fort alors et même ton périnée, ça peut toujours servir, me hurle de rire Maïwenn.
— N'importe quoi !
— Redresse-toi, poursuit Nolwenn, nous n'allons pas nous en sortir.

Elles sont drôles quand même. J'ai répété au moins à cinq reprises hier soir que jamais mes pieds ne fouleraient un paddle. J'ai cédé à la troisième bouteille de vin. Destination Ploumanac'h, a priori, le plus beau village de France et de Navarre et sa côte de Granit Rose. Pour l'instant, je ne vois que le fluo de l'immense planche. Les rames dans les mains, je suis à quatre pattes, tâchant de dompter l'engin.

— Allez ! Fais un effort.

Troisième tentative, ce n'est plus un effort, mais un parcours du combattant. Les deux premières fois, je suis tombée lamentablement à l'eau en ripant. Ce n'est pas faute d'avoir essayé de soudoyer le moniteur pour qu'il me prenne sur le sien. Intransigeant, il a déclaré à la volée qu'aucun passe-droit ne serait possible. Un couple me dépasse. Elle ? Une sirène confortablement installée à l'avant, nonchalante, lunettes de soleil vissées sur le visage, petite main légère qui frôle l'écume. Lui ? Genre spécimen avec d'énormes bras musclés, il rame pour deux. Insupportable. Habituellement, je suis dans cette position en mode star, super princesse et certainement pas à me ridiculiser de la sorte.

— On part sans vous, vocifère le moniteur.

Un gros coup de nerf. Je me redresse, trouve mon équilibre et entame un effleurement de la mer du bout de ma pagaie. Il glisse lentement. Je prends de l'assurance et rattrape le groupe. Ils m'applaudissent en cœur en se moquant de ma technique peu orthodoxe. Elle fonctionne, je commence à me détendre, alors je n'y prête aucune attention. Notre moniteur est un passionné des lieux, il va nous gâter. Entre nous, il a plutôt intérêt. Au programme, une vue panoramique sur les Sept-Îles, des petites criques aux eaux limpides et apercevoir des pingouins et une colonie des fous de Bassan. Elles m'ont promis un moment inoubliable pour me changer les idées. J'en ai besoin. Malgré le fort niveau d'alcool de la soirée dernière, ma nuit a été agitée. Alan en est la raison. Je me suis confiée à Éliane et Nolwenn. Il me perturbe au plus haut point. Oui, il me plaît, je ne peux pas le nier. Sa façon de me regarder, de m'embrasser, de me toucher. Perdue, déboussolée, mes hôtesses m'ont conseillé de me laisser aller et donner une chance au destin. Nolwenn m'a filé son numéro. Enfin non. Elle l'a autoritairement entré dans mes contacts. Puis, elle m'a avoué lui avoir communiqué le mien. Je suis restée un moment devant mon écran, hésitante. Empotée et bien incapable de savoir par où débuter, je n'ai pas osé lui envoyer un petit SMS.

Nolwenn m'a fait remarquer que je n'avais pas été clean. Le coup de la photo prise par Alan en plein ébat sexuel, elle ne cautionne pas, mais je l'avais un peu cherché en le traitant avec dédain comme un objet.

— C'est ce qu'il t'a dit ? lui ai-je demandé.

— Oui, c'est ce qu'il croit. Tu prends, tu jettes. Entre nous, il n'est pas loin de la vérité.

— Pfft, vous n'êtes pas très détendus du slip les Bretons.

Elle a éclaté de rire.

— Dans ta sphère, tu côtoies de l'éphémère, du paraître, et du consommable, bienvenue dans la vraie vie. J'espère que les jours passés ici vont te faire ouvrir les yeux. Tu t'abîmes. En quoi est-ce grave de s'attacher à une personne, d'apprécier de partager des moments à deux, de se séduire, de faire l'amour ?

Cette question me taraude. Elle m'a empêchée de dormir. Peut-être se prendre les pieds dans le tapis, se faire mal et se sentir encore plus seule. Le résumé de mon existence.

Deux heures à pagayer. Normalement, je devrais hurler de cette arnaque, être au bout de ma vie, me lamenter de mes muscles meurtris, geindre, jurer que l'on ne m'y reprendrait plus. Eh bien non ! Mes biceps et mes cuisses sont engourdis, mais je suis dans un état d'euphorie. Je me suis régalée, abreuvée. L'endroit était magique, hors du temps, un spectacle entre la mer et les rochers érodés époustouflants. Pourtant, j'en ai vu des lieux merveilleux. Cette région m'ensorcelle.

Nous rendons nos paddles. Je prends Nolwenn dans mes bras et la serre très fort. Les effusions sont rares, même avec ma seule amie.

— Merci, je lui souffle.

— De rien ma belle !

Nous grimpons dans la papamobile et je m'assois, en outre, sur la banquette arrière, pleine de bonnes résolutions.

— Nous allons où ? interrogé-je.

Elles se regardent toutes les deux et sourient en douce.

— Visiter un petit village, me lance Nolwenn.

— Il a quelque chose de particulier ? OK, j'ai apprécié, vous n'allez pas pour autant me transformer en touriste de base en moins de deux heures.

— Tu vas adorer ! répond bien rapidement Maïwenn.

Quelques kilomètres… des virages… la mer de temps en temps… du vert omniprésent… des rochers… Un paysage classique breton qui ne diffère pas de ce qu'elles m'ont fait découvrir, alors je ne sens pas le gros kiff de ma life arriver. Elles se garent en face d'une maison récente en bois assez sympa. Une pancarte publicitaire est installée en bordure du terrain. Je me décompose.

### ALAN LE GOFF
*Charpentier de marine*

— C'est quoi cette entourloupe ? quémandé-je les yeux grands ouverts, rivés sur l'enseigne publicitaire.
— Tu vas récupérer tes chaussures ! me répondent-elles en cœur.
— Never ! Je ne veux pas le voir, je prononce en panique.
— Tu ne vas pas abandonner une paire de *Jimmy Choo*se ? Tu descends, tu sonnes poliment et tu reprends tes pompes.
— Non !
— OK, je vais klaxonner jusqu'à tant qu'il déboule. Tu lui expliqueras pourquoi tu te planques dans la voiture.
— Vous êtes complètement barrées.
— Oui, nous assumons et donnons un coup de pouce au destin pour t'aider à mettre tes bonnes résolutions en application.
— Nolwenn…
— Tu m'aimes, me coupe-t-elle. Un jour, tu me diras merci.
— T'inquiète, on t'attend, lance sa cousine morte de rire.
Je souffle, peste, bouillonne, les dévisage et finis par attraper la poignée.
— Je vous déteste !
— Tu nous adores.
J'ouvre la portière, descends et la claque pour signaler mon agacement. Leur voiture démarre sur les chapeaux de roues me laissant bien sotte au bord de la route.
« Elles sont complètement folles », je marmonne.
À côté de la maison jouxte un atelier. Son camion est garé devant. J'entends un bruit de machine. Pas de doutes, il est bien présent. Je frotte mes mains nerveusement. Je suis nouée

et je ne comprends pas bien pourquoi je me prends la tête. C'est simple : « salut, salut, je viens récupérer mes chaussures, merci, bonne journée », et je me casse. Je vais bien trouver une âme charitable pour me raccompagner vers Perros-Guirec, sans le lui demander.

D'un pas décidé, je traverse la cour, inspire à pleins poumons et pousse doucement la porte de son atelier entrouverte. Musique à fond, entrecoupée par le vrombissement d'un outil. J'avance le bout de mon nez et mate discrètement. Il est sous la coque d'un bateau. Ses bras sont en suspension, ses mains caressent le gabarit avec ce qui ressemble à une ponceuse. Une fine couche de poussière s'élève, créant un voile autour de son visage. Il a mis un casque et sifflote.

Je balaye le lieu du regard. Des squelettes de navires, des prototypes, des plans, des mâts, enfin une vraie caverne d'Ali Baba bien qu'elle soit ordonnée. Son établi est au cordeau. Plusieurs bateaux sont entreposés dont un qui attire mon attention. Son essence rouge est particulière, du cèdre. Avant de passer à la version Yacht avec ma pouffe de belle-mère, mon père avait un beau voilier. Nous avons navigué de longues heures tous les deux. J'ai un coup de nostalgie. Des souvenirs heureux d'enfance refont surface dans mon esprit. De la complicité, des rires. Pendant quelques secondes, je redeviens cette petite princesse aux yeux pétillants de fierté, devant mon papa affrontant les océans. C'était de jolis moments. Dommage, ils sont loin…

Quand il m'a expliqué son travail, son récit est passé comme un courant d'air dans ma tête. J'étais trop obnubilée à le détailler et savoir s'il ferait l'affaire pour un plan d'un soir. Je me sens un peu ridicule. En l'observant en douce, je l'imagine perfectionniste, méthodique, passionné des belles matières. Il pose l'engin et se saisit d'un marteau et d'un ciseau à bois. Il tapote subtilement la coque, passe sa paume sur les veinages et recommence, concentré. Il est délicat, effleure la surface. J'aime ce que je vois, j'aime ses mains et j'ai aimé qu'elles me caressent. Les muscles de son dos se tendent à chaque mouvement, ses cuisses se gainent, le spectacle est agréable… enfin excitant pour être honnête. Je promène la pointe de ma langue sur mes lèvres, déclenchant une mini ébullition dans le bas de mon ventre.

Il contourne le bateau. Pour continuer de le dévorer des yeux, je fais un pas… et bute sur une pièce métallique. Un fracas résonne dans l'atelier. Il se retourne immédiatement. Nous nous toisons quelques longues minutes. Le temps s'est suspendu. Aucune expression sur son visage, pas de petit rictus amusé. Il ne m'aide pas vraiment. Un léger tremblement fait frissonner mes mains.

— Salut, je suis passée chercher mes chaussures.

Il pose son maillet, avance rapidement vers son établi, tire une caisse, attrape mes espadrilles et les plante brutalement sur le plateau.

— Les voici !

Et il retourne à son ouvrage. Je me sens stupide, bête comme mes pieds. Il vient de me faire revenir sur terre à la vitesse d'une météorite.

— Quel accueil, je lui balance en empoignant mes sandales.

Je tourne les talons en maugréant que c'est un abruti et que j'ai gâché ma nuit pour rien.

— J'espérais au minimum un message, m'aboie-t-il.

— Un message ? Pour quelle raison ? l'interrogé-je en me retournant.

— Pour te justifier et t'excuser ! Tu t'enfuis telle une voleuse me laissant en plan comme un gland. Tu prends, tu jettes, une vraie pimbêche, voilà ce que tu es.

J'ingurgite ses paroles. Elles me blessent instantanément. Je n'arrive pas à contenir l'émotion qui bout en moi. Mes yeux s'humidifient. Je ne me cache pas et pince ma lèvre.

— Des reproches, que des reproches. Pas une seule fois, tu as prononcé un mot gentil me concernant, je chuchote, ma voix chargée de chagrin.

Les cinq kilomètres qui séparent sa baraque de Perros-Guirec ? Je les parcours à pied en ruminant, mes pupilles voilées par des larmes. Je ne me sens pas bien, triste, affectée. Ses reproches sont des flèches piquantes, des morsures qui me lacèrent. Une fois encore, je ne suis jamais rien de bien. Le résumé de ma vie.

En arrivant chez Éliane, je choppe Nolwenn, en mode dédaigneuse comme je sais si bien le faire. Je lui conseille expressément de laisser le destin à sa place, il ne s'en porterait pas plus mal. Je reprends mon costume de bourgeoise, m'habille façon Ibiza, envois deux trois textos…

— Viens, on va faire la fête, je lui impose.

## 9

« Love, exciting and new. Come aboard, we're expecting you. Love, life's sweetest reward. Let it flow, it floats back to you… » [6]

Des bangs. Un martèlement. Quelque chose toque avec fracas. J'entrouvre les paupières. Le silence. Je mate le plafond de la chambre dans les vapes. Je devais rêvasser. Nous avons été sages hier après la soirée de folie que nous nous sommes octroyée. Une nuit blanche d'enfer à danser, boire et chanter à tue-tête. J'ai dû rouler deux ou trois pelles… je ne m'en souviens pas bien. L'amnésie du lendemain de cuite, une bonne excuse qui vous permet de vous faire pardonner toutes vos frasques rocambolesques. Nolwenn m'a stoppée en pleine séance de pelotage intensif et emmenée loin du mec qui espérait plus.

— Il n'est pas canon, tu es trop bourré, laisse tomber.

— Si tu le dis, ai-je bafouillé tanguant sous mon fort niveau d'alcoolémie.

Je m'étire, me tourne, remonte la couette, trop tôt pour me lever. Les bangs reprennent, fort contre la porte de la chaumière. Je soulève ma tête, reluque mes deux copines, elles ne bougent pas d'un millimètre. Elles sont sourdes ou quoi ?

Le visiteur insiste. Éliane ? Impossible, sinon elle aurait une sacrée poigne. Il tape de plus en plus brutalement. Je souffle d'exaspération. Faut tout faire dans cette maison, même le concierge. À cet instant, les palaces où je ne lève pas l'once d'un petit doigt me manquent.

---

[6] *La croisière s'amuse*, Jack Jones. 1979.

— J'arrive, je braille.

Elles ont pris des somnifères ou elles se sont étouffées sous leur couette. Je me dirige vers leurs lits, les tapote avec mon index. Elles roupillent. Je ne comprends pas. Je file vers la porte et l'ouvre en grand sans réfléchir que je suis en nuisette dentelle transparente et les cheveux hirsutes.

— C'est quoi ce bordel ?

Je me stoppe net.

Alan.

Mains dans les poches, petit air sexy du matin, il écarquille les yeux et siffle.

— Mignon.

J'essaie de connecter mes neurones. Bouche entrebâillée, je cligne plusieurs fois des paupières.

— Un short, un t-shirt, un sweat, un maillot de bain, une paire de baskets, tu as ? Tu n'as besoin de rien d'autre.

— Mais… je…

Il m'attrape, sans ménagement par les épaules, me fait faire demi-tour et me pousse à l'intérieur de la chambre.

— C'est mieux, si tu t'habilles, en nuisette transparente, je risque de ne pas me contrôler, me murmure-t-il au creux de l'oreille.

Je frissonne et me laisse guider vers ma penderie comme un automate.

— Où sont tes vêtements ? Tu permets que je choisisse. Salut les filles.

— Salut Alan, répondent-elles en cœur.

Je vais me réveiller. Je me pince pour être bien sûre que je n'hallucine pas. Je récapitule dans ma tête. Alan farfouille dans mon armoire, mes deux copines me regardent niaisement avec un rictus fripon et je ne réplique pas.

— Voilà, à la douche maintenant.

Il me colle mes vêtements dans les bras, reprend mes épaules et me traîne vers la salle de bains en me lançant « tu fais rapide ».

Je veux m'exprimer, mais il appose son doigt sur ma bouche, me rendant silencieuse. Il dévore mes lèvres de ses pupilles rieuses et les attrape pour un baiser ardent. Mon cœur s'emballe.

— Je vais me préparer, je murmure abasourdie.

Je suis assise sur une banquette trois places dans la camionnette de chantier, côté passager. Une première… Je n'ai posé aucune question et n'ai pas prononcé un mot depuis que je suis sortie de la salle de bains. Je ne comprends pas. Il n'est pas loquace non plus. Il a monté le son de l'autoradio et chantonne *la fièvre* de *Julien Doré*. Pour le moment, je suis plutôt en mode glaçon dubitatif.

Il se gare sur le parking du port de plaisance, descend et vient m'ouvrir la portière. Je me glisse le long de la carrosserie.

— Tu m'expliques ? je finis par demander pour briser ce silence agaçant.

Il appose ses deux mains contre la camionnette, m'entourant. Il mate mes lèvres et s'approche dangereusement. Tentant que sa bouche prenne la mienne, qu'elle me déguste. Pourtant, je le stoppe.

— Alan… pas comme ça.

Il ferme ses paupières, inspire et se recule légèrement.

— Je suis désolé pour l'autre jour. J'étais remonté et sûrement maladroit dans mes propos. Alors, je me suis dit que passer un peu de temps ensemble pour mieux se connaître, cela pouvait être une bonne idée.

— Tu as envie de faire connaissance avec une pimbêche, je ne peux m'empêcher de lui objecter.

Ce mot, il n'a pas franchi ma glotte. Il prend une petite moue rieuse.

— Je tente le pari.

Et il attrape mes lèvres pour un baiser du feu de dieu qui me laisse complètement pantoise. Mes paupières restent closes pour m'en imprégner. Je gémis… sans me forcer. Il a son air amusé et sexy quand mes yeux s'ouvrent. Nos pupilles s'accrochent, se mêlent. J'ai terriblement envie de lui, une poussée de phéromones XXL, incontrôlable, une palpitation, une pulsion. Je me jette dans ses bras et le dévore à mon tour. Mes mains s'égarent sur le bas de sa nuque, s'engouffrent dans sa chevelure. Ma langue gourmande est impétueuse. Elle réclame. Je me meus contre son bassin, indécente.

— Il y a des lieux plus discrets pour ce genre de chose, tempête un plaisancier en nous dépassant pour rejoindre le ponton, nous coupant dans notre élan.

Coup de tête à gauche, à droite, je cherche immédiatement un endroit plus approprié et même l'arrière de la camionnette, je serais tentée. Il a compris mon intention. Il sourit très amusé, sa bouche vient déposer des baisers chastes dans mon cou.

— Apolline, susurre-t-il avec des intonations rauques sensuelles. Il a raison. Nous allons trouver plus discret. Ne sois pas impatiente.

Il prend ma main, je me laisse conduire en mode perchée au septième ciel. Oui, je plane à des années-lumière de mon comportement habituel. Il ouvre les portes de son fourgon, sort des sacs, et les jette dans les bras.

— Suis-moi.

Et tel un petit animal bien dressé, je m'exécute loin des manières capricieuses qui m'auraient fait refuser tout effort physique de ce genre.

Nous foulons le ponton pour rejoindre un quai. Il se stoppe devant un voilier en bois. Je détaille l'embarcation. Elle est particulière : deux mâts habillés de voiles rouges assez atypiques, une coque noire, un pont ancien, bien que brillant. Je penche mon visage pour lire *« Maëlle »* en guise de nom de baptême.

— Une virée en mer, ça te tente ?

— Tu m'as sortie de mon lit à l'aube, et traînée de force au port, je me vois mal te refuser une petite croisière touristique, je l'asticote.

— Tu n'as pas montré beaucoup de résistance, réplique-t-il en enjambant le rebord. Je t'offre un petit-déj avant.

Je replie mes bras sur ma poitrine, me pince les lèvres. Une journée avec lui ? Pourquoi pas ? Mais faire languir mon sexy boy breton me convient aussi. Je prends mon petit air un peu godiche qui a un avantage : me permettre de sortir n'importe quelle ânerie.

— Tu veux que je largue les amarres de leur bite ? lui demandé-je les yeux grands ouverts.

Il arque un sourcil, limite offusqué.

— Tu as les idées mal placées ! je lui lance en empoignant la corde et en déroulant les nœuds du premier point d'ancrage.

Je saute sur le pont aisément et viens m'asseoir à côté.

— Est-ce que je vais avoir le droit à la grande histoire de ce navire ?

Il a sa petite mine amusée qui lui sied.

— D'abord, on visite.

Il prend ma main et m'entraîne vers la cabine. Je n'ai pas vraiment le temps de me poser des questions sur la décoration intérieure qu'il me plaque contre son corps. Son entrejambe dur percute mon bassin. Un gémissement incontrôlé sort de ma bouche.

— Nous en étions où ? s'amuse-t-il en léchant mon cou.

J'attrape l'encolure de son polo, autoritairement.

— Tu me demandais d'être plus discrète.

Ma bouche s'abat sur la sienne.

La suite ? Vous êtes bien curieux… Nos vêtements se détachent de nos corps à la vitesse d'une formule 1 lancée sur le circuit d'*Autodromo Nazionale di Monza*[7]. Aimantés, il me porte

---

[7] *L'Autodromo Nazionale di Monza* est considéré comme le circuit le plus rapide du championnat de formule 1. Ne cherchez pas, l'auteure a très envie d'aller en Italie !

sur la minuscule table et il se jette sur moi, affamé. Sa langue prend possession de chaque millimètre carré de mon épiderme. Telle une petite anguille frétillante, je réponds à chacune de ses offensives, mes mains passant de la peau de son dos à sa tignasse douce. Avide, il me redresse puis me retourne. Un moment torride, un plaquage en bonne et due forme, passionné, sensuel à souhait débute. Une pression infernale explose entre nous. Nos corps en transe se mélangent dans une danse charnelle intense, terriblement sexy. Nous nous dévorons, impatients à chacun de ses assauts. Sa bouche aspire la peau de mon épaule, ses doigts sont fermes sur mes hanches. Et quand ils glissent vers mon entrejambe trempé, il me chavire. Je ne gêne pas de gémir, et jouir bruyamment en écho avec lui. Le souffle court, mon cœur emballé, j'apprécie chaque instant. Sa peau ? Un goût savoureux d'une fragrance ambrée légèrement salée. Ses mains ? Particulièrement habiles. Sa bouche sexy d'enfer ? Un délice...

Est-ce que nous avons fait l'amour ? Je ne crois pas. L'ambiance levrette sauvage, je ne suis pas certaine qu'elle rentre dans la catégorie des positions érotiques amoureuses. Après je ne l'ai jamais fait, alors je n'ai pas idée de ce que cela change bien que j'aie une notion du concept : bisounours, câlinoux, promesses éphémères. En tout cas, il apprend vite le garçon. Il ne s'est pas attardé sur l'*after love* avec des phrases mièvres. Non. Nous sommes restés à nous contempler, nos pupilles brillantes entrecroisées. Il a passé ses doigts dans ma chevelure, apposé un baiser chaste sur mes lèvres brûlantes et proposé un petit déjeuner digne de ce nom. J'ai pouffé, l'ai embrassé sur la joue et suivi pour grimper sur le pont.

Parfait.

Je suis assise contre lui, petit café à la main, pain au chocolat dans l'autre. Je suçote les deux bouts qui dépassent de la viennoiserie, une manie de les délecter de cette façon. Notre embarcation quitte tranquillement le port. Il est concentré. Je le scrute en coin. Il n'a pas prononcé un mot, toutefois ce silence n'est pas gênant.

— Une réplique d'un langoustier, finit-il par me dire.

— De ?

— Le bateau, tu m'as demandé de te raconter sa grande histoire.

— Tu l'as réhabilité ? l'interrogé-je.

Rénové, bichonné, remis à flot. Le confinement lui a permis d'achever cet ouvrage et le nom de baptême « Maëlle » un hommage à sa princesse. Je ne pose aucune question et l'écoute attentivement cette fois-ci. Il se livre, sans filtre notamment sur son divorce difficile.

— Je me suis batailé pour avoir une garde alternée. La mère de Maëlle voulait partir habiter à mille kilomètres de la Bretagne avec son nouveau mec. Hors de question, je désirais élever ma princesse plus que tout au monde.

Sa préoccupation majeure est sa fille, sa raison de respirer, même. La façon dont il prononce son prénom est presque viscérale. Je le trouve encore plus sexy quand il parle d'elle. La force qui émane de ses propos pour la protéger le rend viril. Pendant une nanoseconde, je me demande comment je vivrais avec une petite de trois ans qui n'est pas de moi… Je secoue ma frimousse et me ressaisis bien vite. Hors de question de me retrouver coincée avec une mouflette.

— Tu as déjà navigué ? s'informe-t-il pour changer de sujet.

— Oui.

— C'est une réponse courte. Pourquoi ne me parles-tu pas de toi ?

J'hésite et le dévisage quelques instants. Je me contente d'une version édulcorée quand il s'agit de raconter ma vie. Je suis une enfant « de », seule héritière de l'entreprise de mon père, une holding internationale en passe d'être introduite en bourse. Difficile à placer dans une conversation entre le fromage et le dessert. Ce bagage est lourd à porter. Mon paternel m'a élevée dans la méfiance de l'autre et de leur honnêteté vis-à-vis de notre fortune. Je me suis construite sans attache et sans donner ma confiance. Je n'ai pas créé de liens d'amitié, de simples camaraderies avec les enfants des associés de mon cher papa qui venaient de temps en temps jouer avec moi quand j'étais jeune. Nolwenn ? Une exception, elle est la seule en qui j'ai une loyauté absolue. Mon côté superficiel me permet de dépasser ce carcan et de renvoyer une image de femme qui en envoie. Dans l'obscurité de ma chambre, souvent, je pleure de cette solitude.

— Mon père, il avait un voilier, je bafouille un peu timide.
— Pourquoi il avait ?
— Euh, il l'a remplacé par un autre modèle.
— Et qu'a-t-il choisi ?
— Un yacht de vingt mètres de long, amarré dans le port de Saint-Tropez à l'année.

Ses pupilles se dilatent de surprise. Puis, il éclate de rire.
— Tu es trop drôle. Ne change rien. Allez viens m'aider pour sortir les voiles au lieu de raconter des bêtises, j'espère que tu seras plus loquace dans la journée.

Je soulève les épaules en signe de dépit.

# 10

## « Se méfier des hommes qui te mettent des paillettes dans ta vie, avant de te rouler dans la farine… »

Je tire sur la drisse au pied du mât. Il a braillé « on hisse » comme dans les films de corsaires et je n'ai pu m'empêcher de crier : « oui, capitaine à l'abordage ». Il a secoué la tête en signe de désapprobation. J'apprécie ce moment, en chantonnant, une vraie gamine. Je viens de lancer *Pirates des Caraïbes* sur mon téléphone et me trémousse. Il devrait être ravi, il a échappé au remake de *Titanic*.

J'ai encore des réflexes et le seconde sans trop de difficultés. Après un aperçu des Sept-Îles, nous longeons la côte, passons le sillon de Talbert, direction l'île de Bréhat. Il s'est enorgueilli d'un paradis sur terre comme je n'en ai jamais vu, la plus belle île de Bretagne, selon lui. Je n'ai pas osé lui dire que mes petites fesses avaient fait trempette dans ce que la planète compte de plus magique. Il ne m'a pas crue pour le yacht, alors… J'ai pris mon air dubitatif et l'ai nargué en mode défi.

— Il m'en faut un petit peu plus pour me surprendre.

— Très bien princesse, je te parie que tu me supplieras de revenir à Bréhat, me répond-il joueur.

— Un pari ? Carrément. Quel est l'enjeu ?

Il lâche son gouvernail, se rapproche tel un félin, vient cueillir mes lèvres en me mordillant. Une petite décharge électrique zigzague dans mon corps, je soupire.

— Tu réalises un de mes fantasmes, me propose-t-il ses prunelles en feu.

— T'es sérieux ?

— Très. Je pensais que tu n'étais pas du genre à te défausser. De quoi as-tu peur ?

Malin, va. Est-ce que j'hésite ? Oui. Pas pour le côté pari, j'adore relever des défis. Comme il a une petite tendance à faire dans le voyeurisme avec reportage photo à la clé, je suis quelque peu refroidie.

— OK, mais je t'impose une règle. Pas de vidéo, de clichés ou de trucs pornos.

— Promis, juré, acquiesce-t-il en levant sa main.

Une palette de couleurs flamboyantes, une déclinaison d'ocre fauve, je suis assise à la proue du voilier, mes jambes se balancent dans le vide et mes prunelles sont en admiration. Je m'attendais, bien sotte, à une petite île. Un archipel d'îlots se bouscule devant nous. Il navigue avec grâce entre les rochers pour rejoindre une crique abritée et méconnue, côté est. Les contrastes lumineux sont éloquents, rehaussés par des flopées de fleurs exotiques et des agapanthes comme dans le jardin d'Éliane. Oui, ici en Bretagne. Il a son air satisfait quand il laisse filer l'ancre vers la mer.

— Enfile ton maillot, princesse.

Je me retourne et le reluque quand il retire son polo et ôte son bermuda. Intéressant et même captivant. Son tatouage lui donne un charme viril. Très joli spécimen.

— Alan. J'aurais très envie de revenir à Bréhat.

Nous n'allons pas y aller par quatre chemins. Je m'avoue vaincue, sans hésiter, avec la perspective de réaliser son fantasme. J'espère sincèrement qu'il a beaucoup d'imagination.

Nous nageons vers une plage, nous embrassons dès que l'occasion se présente. Un beau moment de complicité. Je me sens différente, jolie, naturelle ; je n'ai pas de filtres avec lui. Étendue sur le sable, le roulis des vagues recouvrant nos corps, je me laisse dévorer. J'ai le sentiment d'être seule au monde avec lui, des robinsons égarés sur une île déserte.

Nous rejoignons le voilier. La tension sexuelle a de nouveau monté d'un cran entre nous. Il vient me susurrer au creux de l'oreille son fantasme. Il a très envie d'un moment torride sur le pont de son navire. À la vue de tous ? Excitant. Je mordille mes lèvres, grimpe l'échelle et recule pas après pas en défaisant les brides de mon maillot de bain.

Avec délicatesse, les cordelettes glissent sur mes épaules mouillées. Je tire sur le nœud dans mon dos, le triangle qui couvrait ma poitrine tombe sur le bois dans un bruissement. Il se rapproche, vient effleurer du bout de son index et son majeur ma peau ambrée. Sa bouche légèrement entrouverte, il soupire, les prunelles en feu. L'instant est palpitant. Une montée en température que nous faisons durer en s'allumant.

— Je te veux nue, chuchote-t-il au creux de mon oreille en lapant mon lobe.

Ses doigts s'emparent des deux liens de ma culotte et les débarrassent avec une précision d'orfèvre. Offerte, ma respiration s'accélère. L'excitation, le léger vent frais chatouillent mon épiderme. Mes tétons se durcissent. Je viens le frôler à mon tour avec ma poitrine, mes mains retirant son boxer de bain. Nu ? Il est magnifique, une gourmandise affriolante. Je flâne sur ses pectoraux. Je les cajole de mes phalanges en entretenant cette tension. Je complète avec la pointe de ma langue cette caresse, m'attardant sur les dessins de son tatouage. Ma seule envie ? Le rendre accro. Il me gratifie d'un son rauque, ses mains se mêlent farouchement dans ma chevelure. Sa bouche s'empare de la mienne, savoureusement, arrêtant ce ballet sage. Ma réponse gémie lui donne des ailes. Il prend mes cuisses et les agrippe à sa taille. Il me porte vers le mât et m'allonge sur un coussin. Son corps vient couvrir le mien. Il ne lâche plus mes lèvres, un long baiser enfin non des baisers à ne plus ne finir, ses doigts posés sur mon visage. Je ne résiste pas entrant dans cette danse sensuelle qu'il m'offre. Les frottements de nos peaux, de nos langues sont addictifs, décuplant les sensations. Je me cambre sous son bassin et son sexe dur. Il prend mes mains, les plaque au-dessus de ma tête, avant de partir avec le bout de sa langue à la découverte de ma chair. Aucun centimètre carré n'y échappe, il est partout. Omniprésent, il dévore, il suçote, lèche… Je geins mes phalanges agrippées dans sa tignasse brune. Des flots de plaisir m'ont envahie libérant mon esprit, le moindre de mes neurones concentrés sur la volupté qu'il m'offre. Ses doigts raffinent cette caresse et lancent une déferlante dans le bas de mon ventre. Une jouissance profonde, longue qui n'en finit pas. Elle me déclenche des petites larmes d'émotion, tellement elle est forte.

— Tu es magnifique, soupire-t-il.

Ses iris sont des pépites scintillantes. Il est masculin à souhait. Je crépite d'un feu intérieur boosté par son regard qui me rend belle, femme. Désireuse de lui donner autant de plaisir, je prends ses lèvres, les mordille, avant de l'inciter à s'étendre sur le dos. À califourchon sur lui, mes phalanges se promènent remontant de ses abdos vers ses pectoraux.

— À moi, je lui souris.

J'empoigne ses mains, les colle au-dessus de sa tête. Petit clin d'œil très coquin avant d'entamer le même ballet, ne laissant aucune zone de sa peau au répit. Il susurre mon prénom, se cambre, geins, soupire. Je ne lui ferai aucune concession. Sauf que mon sexy breton aime mener la danse. Il attrape mes hanches, me visse sur son bassin. En amazone, je me redresse pour lui servir ma nudité, ma poitrine gonflée. Il sort un préservatif. Je ris qu'il ait prévu que je ne refuserai pas de réaliser son fantasme. Son mouvement en moi est d'abord lent, profitant de chaque seconde pour apprécier, déguster. Mes mains à plat sur son torse, je lui offre la plus belle des danses érotiques. Mes cheveux virevoltent au vent, l'air frais pique ma peau suscitant un contraste de dingue avec ma chair bouillonnante. D'une contraction de ses abdos, il se redresse, m'enveloppe de ses bras et plaque nos corps en transe. Il s'empare des rênes. Ses ondulations se font sauvages, plus fortes, plus profondes. Nos bouches sont quasiment collées, nos yeux pris l'un dans l'autre. Qu'est-ce que j'aime ! Que c'est bon, divin, savoureux, délicieux ! Sa paume se pose au creux de mes omoplates, ma tête part en arrière, ses lèvres à l'assaut de mon cou et je vrille, m'envolant vers le paradis. Oui, un éden magique bouleversant, transcendant.

Je n'avais jamais autant pris mon pied. J'en reste scotchée de longs instants en le dévorant des yeux. Ma respiration s'est emballée et je n'arrive pas à la calmer.

Il pince le renflement de ses lèvres avec beaucoup de malice. Il ne me fera pas croire qu'il n'a pas ressenti un truc de dingue, lui aussi.

— J'espère que ton cœur n'est pas trop fragile ? m'interroge-t-il très amusé.

— T'es bête ! Il est solide.

Il explose de rire, se rallonge de nouveau en m'attirant à lui. Je viens me blottir et lui souffler des petites phrases coquines au creux de l'oreille.

Allongés, nus l'un contre l'autre, le léger tangage du bateau me berce. Je suis comme dans une bulle. Il m'entoure de ses bras. Il est enveloppant et j'ai le sentiment de me sentir protégée, choyée.

Longtemps, nous sommes restés silencieux, le vent comme simple compagnie. Il s'est assoupi en me tenant fort contre son buste. J'ai aimé et l'ai même interminablement admiré. Il est vraiment sexy. J'en ai profité pour le prendre discrètement en photo. Cela se fait de garder des petits souvenirs de vacances, non ? Peut-être que je la materai en douce.

Nous avons ensuite déjeuné sur le bateau, un repas qu'il a confectionné. J'ai apprécié cette attention, moi habituée aux plus belles tables. Des mets simples, mais goûteux, du vin, un peu de musique. Nous nous sommes enlacés et avons dansé sur *Blindings Lights* de *The Weeknd*.

Naturellement, nous avons papoté. J'ai réussi à me confier sur mon job, puis ma famille, enfin mon père puisqu'il est mon unique parent.

— Tu n'as pas de frères et sœurs ? m'a-t-il interrogé

— Mon père a fait une vasectomie après son divorce avec ma mère, me privant de toute joie d'un demi-frère ou demi-sœur. Il a surtout évité des pensions alimentaires exorbitantes. Il est un homme d'affaires aguerri. Ma première belle-mère ne le savait pas pour l'opération. Un petit détail qu'il avait omis de lui dire. Quand elle lui a annoncé une grossesse providentielle, elle est tombée de sa chaise. J'en suis à ma cinquième belle-mère.

— Ça ne te manque pas ?

— Quand tu ne sais pas, non.

— Et ta mère ?

— Je ne la connais pas. Elle a pris la poudre d'escampette après ma naissance. Nos seuls rapports se résument à une carte d'anniversaire par an où elle a la fâcheuse tendance à se tromper de mois, je lui rétorque en éclatant de rire.

Il me dévisage surpris. Je pense être un OVNI quand je le raconte de cette façon. Pourtant, c'est la vérité. Elle n'était pas prête ou faite pour avoir un enfant. Je le gère et n'ai pas de manque particulier d'un point de vue affectif. Aucune psychanalyse à outrance ne m'a été prescrite, je ne me plains pas de cette partie singulière de mon existence.

— Et toi ?

Un frère et une sœur, une famille unie proche, ils l'ont soutenu quand il a divorcé.

— Pourquoi n'as-tu pas refait ta vie ? lui demandé-je sans réfléchir au côté indiscret de ma question.

Je ne me reconnais plus. Habituellement, l'existence des autres, je m'en cogne. Et lui, il bouscule tous mes préceptes.

— J'avais besoin d'une pause. Et je n'ai pas trouvé celle qui a chaviré mon cœur.

J'hésite, comment dois-je le prendre ? Il vient de me donner une légère claque. Pourtant, sa réponse ne devrait pas m'affecter. Je perds pied. Je ne vais pas espérer une quelconque histoire sérieuse avec un charpentier de marine qui vit en Bretagne. Never !

Pour mettre court à cette conversation qui s'engage vers une voie glissante, je pousse le son à fond sur le nouveau titre des *Black Eyes Peas, Mamacita*. Il secoue la tête, d'abord étonné, sourit devant mon petit air mutin et mon déhanché puis vient me rejoindre pour une danse caliente… interrompue par la sonnerie de son téléphone.

Vous avez déjà remarqué ? Quand une personne reçoit un appel ou un message compromettant, son visage le trahit. Quelques infimes secondes, le naturel fait se figer certaines expressions. Les yeux s'agrandissent et cherchent une échappatoire. Les muscles de la mâchoire se resserrent, évoquant une gêne.

Son attitude me surprend. Un léger doute vient s'insinuer dans mon esprit. Il y aurait anguille sous roche ?

Il décroche et s'isole à l'avant du bateau. Il met rapidement fin à son appel en précisant à la personne qu'il n'est pas disponible et la recontactera plus tard.

Il revient en écarquillant les yeux et lance brusquement le sujet du retour. Il n'est plus spontané. Il pianote un peu vite à mon goût sur son écran. Deuxième petit doute. Toutefois sur le trajet vers Perros, il retrouve son air amusé et converse normalement. Je me convaincs que je deviens parano et mon intérêt pour ce garçon, démesuré. Il est une friandise d'été, ne l'oublions pas.

— Pour clôturer cette journée… ça te dirait de venir dîner chez moi ? me propose-t-il légèrement timide.

Je suis surprise et reste sans réponse quelques instants. Je n'avais pas envisagé la suite.

— Juste pour dîner ? lui demandé-je bêtement.

— Pas que, s'esclaffe-t-il en m'embrassant à pleine bouche.
— Euh… OK, un dîner alors.

Nous approchons de la marina, dans un grand moment de mansuétude, je lui offre même de lui apporter le dessert, il paraît que cela se fait…

— Mince, grogne-t-il. La voile s'est emmêlée.

Il fonce vers la proue en me laissant manœuvrer en douceur la barre. Je suis concentrée bien que l'entrée du port soit une autoroute. Son smartphone posé sur le cockpit du bateau s'éclaire d'une notification de message, juste sous mes yeux. Vous lisez sur les téléphones des autres, alors que c'est très mal poli et indiscret ? Moi oui et sans scrupule. Et mon cerveau va très vite pour ingurgiter tous les mots.

Un SMS d'une certaine Élisa… Elle lui note qu'elle a adoré la nuit qu'ils ont partagée cette semaine et espère le voir ce soir.

J'en donne un coup brusque au gouvernail, le voilier fait une embardée. Alan jure. Je redresse immédiatement.

Le con.

Il joue sur deux tableaux.

Ce message ne devrait pas m'affecter. Nous ne sommes rien l'un pour l'autre. Nous n'avons pas évoqué l'idée d'une exclusivité. Mes *sex friends* habituellement, je m'en tape de leurs activités sexuelles annexes tant qu'ils se protègent.

Alors pourquoi mon corps se serre-t-il ? Pourquoi ai-je du mal à déglutir ?

Je me sens trahie. J'ai la sensation de lui avoir fait confiance à tort. Je ne peux pas m'empêcher d'être en colère et lui en vouloir. Un tourbillon de sentiments contraires m'a envahie. D'un côté, je devrais m'en moquer comme de ma première petite culotte et malheureusement de l'autre, je suis vexée comme un pou qu'une fille passe ses nuits avec lui.

Il revient vers la cabine, reprend les commandes pour accoster le bateau. Il m'envoie des coups d'œil en coin. Il a dû comprendre. Je dois être pâle. Alors pour me donner contenance et rester cool, j'attrape mon tél. et me mets frénétiquement à jouer avec mon Insta, postant des photos dans tous les sens sur ma story.

Il aborde le voilier contre le quai. Je saute rapidement par-dessus le parapet du navire.

— Tu peux accrocher l'amarre à l'avant en priorité ? m'apostrophe-t-il.

Il rêve. Fini d'être une gentille fille serviable. L'Apolline pimbêche est de retour. Je virevolte, le toise, penche ma figure sur le côté.

— Tu es un grand garçon, tu vas te débrouiller !

Et je file sur le ponton sans me retourner sous son flot d'interjections.

# 11

## « Un de perdu, dix de retrouvés… ! »

Deuxième. Il brûle ma gorge. Je crispe mon visage, l'agite en serrant ma mâchoire, souffle puis :
— Au suivant !
Maïween écarquille les yeux et éclate de rire.
— Tu m'as promis que tu allais me coucher, et que les Bretons, vous étiez très forts à ce petit jeu. Sache que c'était mal me connaître.
— OK, princesse. On continue.
Elle appelle le barman pour lui commander deux nouveaux shooters de rhum arrangé. J'ai décidé de faire n'importe quoi avec n'importe qui et de me lâcher comme je sais si bien le faire.
En attendant les verres, je scrute le bar à la recherche d'un beau gosse égaré. Un brun ténébreux entre dans mon champ de vision. Pas mal, même très intéressant, j'en salive déjà.
— J'ai trouvé le mec qui va nous offrir à boire.
— Tu es incorrigible, me répond-elle. Et Alan ?
— Je ne connais pas !
— Ouh ! À quel moment me racontes-tu votre virée en bateau et ce qu'il a fait de si grave ?
— Il n'y a rien à dire.
Nada, aucune explication à donner. J'ai tiré un trait sur cette journée et l'ai remisée au fin fond de ma mémoire.
Après avoir quitté le port, je me suis réfugiée dans ma petite crique. Je me suis laissée dériver au creux des vagues, un moyen pour contenir toutes mes émotions. Quand je suis arrivée chez Éliane, Nolwenn était très étonnée de me voir revenir seule. Elle a compris immédiatement en me dévisageant.

— Je pensais que cette sortie à deux était une bonne idée, a-t-elle dit en me serrant dans ses bras.

— Non, loupé, ai-je articulé difficilement.

— Tu veux m'en parler ?

— Pas pour le moment. Je vais aller prendre une douche et ensuite, on sort ?

— Bah ce soir, j'ai une obligation.

— Une obligation ?

— Bah oui, tu vois le truc, comme un rendez-vous, mais pas vraiment un rendez-vous, genre un dîner.

J'ai écarquillé les yeux devant sa semi-explication rationnelle.

— Tu as un rendez-vous galant ?

— Je crois que oui.

— Mais tu ne m'as rien dit ?

— Bah, ce n'était pas prévu. Il est en Bretagne, il m'a appelée et de fils en aiguille...

— C'est génial. Raconte-moi tout !

Mon amie, si difficile, avec la gent masculine m'a parlé avec des petites étoiles plein les yeux, d'un homme charmant rencontré chez un de nos fournisseurs quelques semaines plutôt : Gregory.

— Il me plaît, m'a-t-elle avoué. Je pensais que tu passerais ta soirée avec Alan, alors j'ai accepté ce dîner.

— Ne t'inquiète pas pour moi. Je suis tellement ravie. Fonce, tu mérites le bonheur.

— Toi aussi...

— Différemment, Nolwenn. C'est ainsi.

— Je trouvais qu'avec Alan, vous étiez peut-être faits pour vivre une belle histoire.

— Stop ! Il voit une autre personne. Alors le débat est clos. Bon, je vais dévergonder ta cousine.

J'ai crié après Maïwenn en lui demandant expressément de s'habiller en version « all the night », sans laisser le temps à

Nolwenn de m'argumenter quoi que ce soit. Je l'ai embrassée en lui recommandant chaudement de profiter de sa soirée.

Troisième shooter. Mes joues sont toutes rouges. Le passage du nectar dans mon œsophage est une épreuve, mais hors de question de montrer un quelconque signe de faiblesse à Maïwenn. Ma dignité et ma réputation de fêtarde sont en jeu. Je rejoins la mini piste de danse du bar pour une tentative de rapprochement avec le brun, prunelles bleues, qui a bien compris que j'avais des vues sur lui. Je me déhanche lascivement, mords ma lèvre en le matant droit dans les yeux. Il fait quelques pas vers moi, petit air sexy de celui qui pense conclure rapidement. Je le gratifie de mon petit sourire coquin, avance vers lui en minaudant et… Erik, avec les deux mecs croisés au café, trois gonzesses et… Alan, tenant par la taille une pouffe que je déteste déjà, apparaissent dans mon collimateur. Je me fige directement et le dévisage ahurie. Quel toupet !

C'est certainement très puéril, je serre immédiatement mes bras autour de la nuque du charmant jeune homme et me love contre son corps. En moins de deux secondes, nos bouches sont collées. Est-ce agréable ? Non. J'évite sa langue, l'embrasse dans le cou pour mater mine de rien par-dessus l'épaule de mon cavalier. Ils m'ont repérée. Erik me pointe du doigt puis passe son pouce sous sa gorge comme s'il voulait me décapiter. Ses yeux sont mauvais. J'ai une certitude : la soirée va être explosive. Ses menaces ne m'effraient pas pour autant. Alan ? Il semble très en colère. Ses pupilles s'insinuent dans mon esprit. Je me sens un peu ridicule d'agir de la sorte. Ma pseudo vengeance ne m'apporte aucune satisfaction. Je prétexte une envie pressante et abandonne le pauvre garçon. Je chope Maïwenn, lui indique que je suis souffrante, une indigestion et préfère rentrer.

Une heure plus tard, je suis sous ma couette dans mon lit une place, quatre-vingt-dix centimètres et pas un de plus. Un samedi soir, un comble ! Je n'ai pas pu retenir mes larmes sur le trajet. J'ai beau le nier, je suis affectée et complètement désemparée. Je me sens coupable de mon attitude. Cela ne devait pas être si difficile de lui demander une explication quand nous étions sur le voilier, plutôt que de m'enfermer dans mon personnage.

Je fulmine, tourne et retourne, incapable de me calmer. Je veux savoir pourquoi il s'est amusé avec moi, pourquoi il me joue la sérénade puisqu'il est avec une autre ? Je ne suis pas venue le sortir de son lit un beau matin d'été pour lui faire vivre une journée hors-norme, magnifique, le truc qui vous perturbe au plus haut point. Je n'ai rien quémandé alors il me doit une explication.

Motivée et très sûre de moi, je m'habille bien vite, traverse la propriété et attaque les cinq kilomètres qui me séparent de chez lui.

Je me suis un peu égarée, en pleine nuit, pestant contre mon *Google Maps*. C'est fou ! Plus vous êtes censés, vous approcher de votre destination, plus le nombre de mètres s'allonge. Au gré de mes multiples détours, ma motivation a quelque peu fondu comme neige au soleil.

J'essaie de me convaincre que j'ai pris la bonne décision. Pourtant il fait froid, il fait noir. Des bruits bizarres de bestioles agressent mes tympans. Récapitulons tout ça dans l'ordre. Est-ce qu'il sera rentré chez lui ? Il a peut-être décidé de faire la fête toute la nuit ou bien d'aller roupiller chez la nénette qui l'accompagnait ? Imaginons, il est bien chez lui. Il ne sera peut-être pas seul… cela va être sympa de lui demander une explication s'il est en petite tenue ou en plein exercice sportif. Je me fustige et ferais bien demi-tour. Sauf que je vais être incapable de dormir et que le nœud qui me scie le ventre ne va pas disparaître.

S'il est avec une autre, je serai fixée et par solidarité féminine, je pourrai raconter à sa conquête du soir qu'il me baisait cet après-midi. Boostée, j'attaque de grandes enjambées pour rejoindre son hameau.

J'arrive enfin dans sa cour. Les fenêtres de sa maison sont éclairées. Je repère son fourgon garé devant son atelier. Mon ventre enchaîne des gargouillis sonores. Je déglutis, pas d'autres véhicules. Un petit espoir qu'il soit seul surgit dans mon esprit.

Je me répète mentalement les phrases que j'ai préparées. Elles se mélangent un peu. Habituellement, je me contrefiche qu'un homme avec qui j'ai vécu un moment d'intimité puisse aller voir ailleurs puisque je fais la même chose. Alors pourquoi lui ?

J'ai le sentiment qu'il m'a retourné la tête. J'ai aimé la journée que nous avons passée ensemble. Elle était savoureuse, complice. Il m'a fait rêver, sortir de ma zone de confort. J'ai eu l'impression de respirer à pleins poumons comme je ne l'avais pas fait depuis des années, de ne pas être obligée de paraître ou donner le change, de ne pas m'inquiéter pour ma coiffure flinguée par le vent, du maquillage approximatif et de la meilleure pose pour une story. Non, rien de tout cela : être simplement moi, Apolline.

Et puis, j'ai son sourire, ses yeux rieurs gravés dans mon cerveau. Nos moments charnels m'ont transcendée. C'était différent avec lui, tantôt sauvage, tantôt sensuel, tantôt doux, et pas de la baise à deux balles.

Je mords ma lèvre inférieure, inspire et franchis les derniers mètres qui me séparent de sa porte. Je toque. Une fois. J'attends. Deuxième fois. J'ai le sentiment de rapetisser et de m'enfoncer dans le sol.

Elle s'ouvre en grand brutalement me faisant sursauter. Alan. Il me dévisage étonné. Ses traits sont durs, loin de l'homme doux que j'ai kiffé.

— Casse-toi ! me balance-t-il direct.

J'écarquille les yeux. Dans toutes mes préparations de scénarios, je n'avais pas envisagé celle-ci. Je veux répliquer. Il referme la porte en donnant un grand coup dedans. Je la bloque avec mon pied.

— Non, je rétorque décidée.

— T'es venue te faire baiser ?

J'hallucine. Toutes mes bonnes résolutions d'explications et de confessions sur le fait qu'il me plaît disparaissent. Je fais demi-tour illico pour quitter sa baraque pourrie.

— T'es une salope, rien de plus !

L'injure crispe mes oreilles. Je ne le lui permets pas. Je me retourne, fonce vers lui pour lui asséner une gifle. Il attrape facilement mon poignet pour m'empêcher de le frapper.

— T'es un connard de premier ordre. Je ne t'autorise pas à m'insulter…

Le reste de ma colère s'étouffe sur sa bouche qui se colle violemment contre la mienne. J'essaie de le repousser. Il me maintient fermement, m'entraîne dans sa maison et me plaque contre le premier mur. Il bloque mes poignets au-dessus de ma tête et part à l'assaut de mon cou, mes épaules avec ses lèvres. Je murmure des « non » presque inaudibles qui s'asphyxient dans ma bouche. Notre trop-plein de colère bouillonne, une tension infernale. Pourtant, elle est libératrice et j'aime ce qu'il est en train de me faire. Je réussis à défaire ma main de son emprise, lui agrippe farouchement ses cheveux et les tire en arrière. Il grogne un son viril excitant. Je lui mords sa lèvre inférieure. Je le désire et pas d'une façon sage. Sa réaction est immédiate. Il empoigne mes hanches, me retourne, m'entraîne vers le dossier de son canapé, soulève ma robe, déchire mon string d'un coup sec et m'emplit. Une brûlure violente dans le bas de mon ventre. C'est trop fort. Je me crispe. Il se stoppe quelques secondes. Un répit… le temps d'une respiration. Ses mains deviennent dures sur mes fesses et il entame un va-et-vient effréné. Une de ses paumes se plaque sur le creux de mes reins m'immobilisant. Je suis à sa merci.

— C'est comme cela que tu aimes ?

Je voudrais lui dire que non, que j'ai chéri sa douceur, sa sensualité, ses effleurements, mais je n'y arrive pas. J'ai besoin de cette étreinte violente, indomptée, de sentir sa force, alors je lui confirme. Il grogne de plus belle et poursuit inlassablement. Intense, sauvage, démente. Il s'écroule sur mon dos en grondant et m'enserre de toutes ses forces.

Ma respiration s'est emballée. J'ai pris une sorte de plaisir, mais aucun orgasme. Je suis déboussolée. Il ne me laisse pas le temps de réfléchir et me balance un « t'es contente ! »

Des larmes incontrôlables jaillissent sur mes joues. Il se retire précipitamment, quitte la pièce. Je m'écroule au sol. Mes doigts posés sur ma bouche, j'essaie tant bien que mal de contenir mon chagrin et mon envie de crier. Honteuse, je me redresse difficilement, flageole jusqu'à la sortie de son séjour, saisis la poignée dans ma main…

Et puis, mince. Je ne peux pas accepter. Je fonce après lui. Il s'est réfugié dans son atelier. Je claque la porte, il se retourne brusquement. J'attrape le premier truc posé sur son établi et le balance dans sa direction.

— Non, cela ne me convient pas. Je suis très fâchée contre toi. Pour me faire des reproches, tu es très fort, m'insulter, me fustiger. Par contre toi, tu as le droit de te foutre de moi ! Je te déteste Alan, au plus haut point.

Je suis une furie et je continue de lui jeter tous les outils qui se promènent à proximité de mes mains. Il hurle ahuri d'arrêter, fonce vers moi et me choppe aisément le marteau qui allait être mon prochain projectile.

— Va-t'en, me dit-il en me toisant.

— Je vais partir, ne t'inquiète pas. Tu ne me verras plus et tu pourras baiser tous les soirs la fameuse Élisa qui est trop ravie de passer ses nuits avec toi.

Ses pupilles s'écarquillent.

— La grande classe, Alan. Oui, j'ai lu le message sur ton téléphone et je n'ai pas du tout apprécié. Alors tes leçons de morale, elles me font doucement rire.

— Ce n'est pas ce que tu crois.

— Mais bien sûr.

— Et toi le type de ce soir, il n'assurait pas ?

— Quel type ?

— Le mec avec qui tu es partie du bar.

— N'importe quoi, je l'ai enlacé sur la piste pour t'emmerder ni plus ni moins. Tu venais d'arriver avec ta gonzesse collée dans tes bras. Je ne suis pas sortie avec qui que ce soit. Demande à Maïwenn, si tu as un doute. Je suis rentrée chez Éliane. Et puisque nous sommes dans les confidences, je n'ai pas couché avec un autre mec depuis que je suis en Bretagne. Et même avant, cela faisait un petit bout de temps. C'est très facile de juger sans savoir. Adieu Alan.

Je lui tourne le dos et file vers la sortie.

— Apolline, attends.

Son ton est descendu. Des intonations douces comme j'aime chez lui. J'hésite quelques secondes.

— Élisa est une amie… nous nous fréquentons de temps en temps, mais il n'y a rien de sérieux, bien qu'elle espère plus. Toi, tu déboules, tu me plais et je ne sais pas sur quel pied danser. Un coup oui, un coup non, je ne m'y retrouve pas.

Je me retourne et le toise, mordant ma lèvre, jouant frénétiquement avec mes mains.

— C'est à cause du message que tu es partie précipitamment de mon voilier ? questionne-t-il un peu perdu.

Je hoche la tête pour acquiescer.

— Pourquoi ne m'en as-tu pas parlé immédiatement ?

— Ça m'a vexée et mise en colère. Et j'ai regretté d'être montée sur ce bateau. J'aurais dû refuser.

— C'est vraiment ce que tu penses ? m'interroge-t-il ses yeux tristes.

Il n'est plus qu'à quelques millimètres de moi. Mes prunelles se fixent sur ses lèvres sexy à mort. Elles n'arrivent pas à s'en détacher. J'essaie pourtant de les raisonner. Il me plaît beaucoup trop, une attirance folle que je suis incapable de contrôler. Sur la pointe des pieds, je viens les effleurer. Elles sont douces. Je les dessine avec la pointe de ma langue. Des larmes d'émotion coulent sur mes joues. Avec l'extrémité de son pouce, il les essuie et susurre mon prénom. Mes doigts s'emmêlent dans sa chevelure, les siens caressent ma nuque. Un long baiser, nous sommes magnétisés. Ma peau frissonne. Ses effleurements sont voluptueux. Mon esprit s'évapore, oubliant que notre explication ne tient qu'à un fil.

## 12

## « Ma doué beniguet… ! » [8]

Je m'étire comme un chat. Une légère lumière matinale éclaire la pièce. Mes paupières clignent tout doucement. Un petit sourire mutin se dessine sur mon visage. Un soupir de satisfaction, je plane. Quelle nuit ! Nous avons fait l'amour. Oui, pour la première fois de ma vie, j'ai fait l'amour avec un homme qui me chavire. Je n'ai pas lutté et laissé mon cœur, mes émotions parler. Sans filtre. Assise sur sa taille, lui en moi, j'ai mêlé mes mains avec les siennes, pris sa bouche, murmuré des mots doux. Je lui ai avoué qu'il me plaisait, que j'appréciais être avec lui, que je chérissais son sourire malicieux et que son corps appelait le mien. Sans me torturer ni jouer un quelconque personnage, je me suis sentie libérée.

Je passe mes doigts du côté gauche du lit. Vide. Le drap est encore chaud et embaume l'odeur de sa peau. Il est peut-être parti préparer le petit déjeuner. Je pouffe de plaisir en pensant à l'aspect archi romantique de la chose. Je ne me reconnais plus. J'ai dormi comme un bébé contre lui et j'ai kiffé. Les seules fois où je me suis réveillée à côté d'un spécimen masculin, je ne me souvenais pas vraiment de la teneur de ma soirée. Faire dodo était banni pour éviter toutes embrouilles post-orgasmiques. Je ne lutte pas, aucun scrupule ou pensée niaise sur un attachement prématuré. Je désire d'autres nuits de cette teneur.

Je me redresse, enfile sa chemise, me faufile sur la pointe des pieds en dehors de sa chambre et arrive dans sa pièce de

---

[8] Ma doué beniguet, interjection bretonne signifiant : « Oh mon Dieu ! »

vie. Vide. La cafetière n'est pas en fonctionnement. Je ne m'en offusque même pas et m'attèle à la préparation d'un petit déjeuner. Nous ne sommes plus à l'époque de Cro-Magnon et ne cherchez pas, j'ai envie de le gâter, de lui faire plaisir… en mode love, cui cui les petits oiseaux.

Je chantonne, farfouille dans ses placards, dispose des mugs et l'aperçois enfin à travers la fenêtre. Il est pendu au téléphone à l'extérieur. Il fait de grands gestes. Étonnant. Je virevolte vers le toaster, entre deux tranches de brioches, sors le beurre salé du réfrigérateur, allume sa Bose et pars à la recherche de mon smartphone pour mettre une playlist. Aucune idée d'où il a atterri hier soir. Je pouffe de nouveau. Je ne paume jamais mon tél. et je ne dors jamais sans lui. Il m'a sérieusement retourné le cerveau.

Je me stoppe en entendant Alan hurler. Les intonations de sa voix sont violentes. Je ne comprends pas la conversation. Je me rapproche de sa fenêtre, curieuse. Il a l'air énormément en colère, son visage est décomposé. Une grosse boule de stress se forme dans mon ventre. Il revient vers la maison. Il balance à son interlocuteur qu'il est un enfoiré, le seul truc audible qui me parvient avant de raccrocher, de jurer et pousser la porte brutalement.

Je suis raide comme un I, un peu effrayée. Il me dévisage bizarrement. Je suis incapable de dire si la tristesse, la colère ou les deux habillent son regard, mais ce n'est pas l'homme avec qui j'ai dormi cette nuit. J'ai l'impression d'être minuscule d'un coup. Ce silence gênant est stoppé par le saut des tranches de brioches dans le grille-pain. Il détourne son attention et pose ses yeux sur ma petite préparation. Il ferme ses paupières et inspire. Je me sens en faute et j'ai très très peur de la suite.

— Je me suis dit que peut être cela se faisait… de concocter… tu vois… le café… Enfin… je tente en bafouillant.

— Apolline… murmure-t-il.

Son visage se décompose de tristesse. Sa tête se balance de gauche à droite, frénétiquement.

— OK, je vais partir, je marmonne en levant ma main.

Je ne lui laisse pas le temps de répliquer et file vers sa chambre, tremblante pour récupérer mes habits. Putain, qu'ai-je fait de mal ? Je ne capte rien. Des larmes s'amorcent, ma respiration s'emballe. J'enfile ma robe à la va-vite, cherche désespérément mon smartphone et mon sac. Je sors précipitamment, balaye son séjour du regard, fonce vers mon tél. posé sur un guéridon. Je l'empoigne...

— Non. Attends !

Je le lorgne sans comprendre.

— Je te jure que ce n'est pas ça que je souhaitais.

Je ne capte rien, perdue. De quoi parle-t-il ? Il avance rapidement vers moi comme s'il voulait m'arracher mon tél. des mains. Je recule, l'agrippe fermement, déverrouille la veille...

Mon écran... il est blindé de notifications. C'est quoi ce bordel ? Mon père a essayé de me joindre une dizaine de fois, son avocat également. Ils m'ont laissé des messages. Mon paternel ne m'appelle jamais. Une boule d'angoisse se forme dans ma gorge. J'ai très froid. Mon pouce vrille sur l'écran. Des centaines de notifications Insta s'étalent. Il n'arrête pas de s'éclairer à chaque nouvelle réception. Des SMS par centaines. Plusieurs de Nolwenn, elle me supplie de la recontacter.

Une seule fois, mon compte a buggé. J'avais eu la grande idée de draguer une star montante du cinéma français. Le type était pourchassé par des paparazzis en permanence. J'ai eu le droit à ma photo souvenir, en bikini riquiqui, placardée dans la presse à scandale. J'ai gagné dix mille abonnés et une dispute monumentale avec mon père qui n'avait pas du tout apprécié la publicité, pourtant gratuite.

Des partages, beaucoup de partages de ma story. Sauf que je n'ai rien posté. Je découvre avec horreur un commentaire :

quelle chaudasse ! Mon rythme cardiaque s'emballe, ma respiration se fait courte. Un bourdonnement. Alan me supplie de quelque chose, je ne l'entends plus. Je clique sur l'appli… le monde vient de s'écrouler.

Une vidéo.

Sur mon profil.

Mes fesses en gros plan qui sont baisées par Alan, hier soir.

Postée depuis une heure.

Quinze mille likes, trente mille vues, un déchaînement de commentaires salaces où je me fais insulter. Les mots se figent dans mon esprit, ils martèlent mes neurones. Je suis complètement abasourdie, j'ingurgite sans saisir. Mon visage se relève, mes yeux exorbités se lèvent sur Alan. Il est décomposé.

Mon estomac se tord. Je vomis lamentablement de la bile, sans avoir le temps de foncer vers les toilettes. Des haut-le-cœur à n'en plus finir, pliée en deux de dégoût, d'incompréhension. Il tente de me soutenir, je me dégage immédiatement en braillant.

Mon téléphone sonne. Mon père, je décroche dans le brouillard complet. Il aboie. Rien n'entre dans ma tête, elle s'est bloquée. Il crie, me demandant le nom du coupable. Je balbutie. Mon corps se penche d'avant en arrière frénétiquement. Il me hurle de réagir. J'appuie sur la touche rouge, incapable de supporter ses reproches plus longtemps. Je me sens terriblement sale, seule. Je suis un petit animal blessé qui cherche désespérément une échappatoire. J'aimerais avoir rêvé. Mes yeux atterrissent encore une fois sur ce putain d'écran. Non, je vis un cauchemar en direct.

Mon smartphone vibre de nouveau dans ma main. Je lis le nom de l'avocat de mon père. Je décroche, sans vraiment savoir pourquoi, tel un automate. Sa voix est posée et il m'explique calmement les choses. La vidéo va être retirée dans quelques minutes. L'impact sur les sociétés de mon père et sa future introduction en bourse sont colossaux. La presse économique s'est déjà emparée du sujet. Je m'en tape.

Il me quémande le nom du coupable.

— Alan le Goff, je prononce. Massacrez-le, je poursuis d'une voix monocorde et froide.

Un dernier regard vers lui. Ses épaules sont affaissées, la misère du monde greffée sur son visage. Je m'en fous.

— Tu es abject.

Je ne me souviens pas bien s'il a eu une réaction. Je suis sortie. Le soleil, le vent piquant ont agressé mon corps. J'ai marché sans but, perdue. Combien de temps ? Aucune idée. Une voiture m'a dépassée, un chauffeur envoyé par mon père qui m'avait géolocalisée.

Finis la Bretagne, pour toujours. Direction Paris.

## 13

## Une Parisienne, une bourgeoise, une… merde, elle hérisse chacun des pores de ma peau !
### Alan

Avez-vous déjà eu un gros coup de chaud pour une gonzesse ? Genre la nénette, elle rentre dans votre tête et pas moyen de ne plus y penser. Elle s'insinue dans vos neurones. Vous rêvez d'elle la nuit, vous vous remémorez son corps, vous l'imaginez se trémousser de préférence sur vous.

Pourtant, je ne suis pas du style à croire au coup de foudre. Les relations durables, je les avais bannies après mon divorce qui m'a mis à terre. Et un après-midi de juillet, je découvre cette fille, en train de se lécher les doigts brillant de beurre, soupirant de plaisir. J'ai eu un putain coup de chaud. Elle me fixait dans le vide, enfin elle fixait mes lèvres, sa bouche légèrement entrouverte. Et j'avais comme envie d'y mettre ma langue.

Elle n'est pas mon genre. Non. Les blondes trop voyantes, nippées comme si elle allait à un défilé de mode, maquillée à outrance, pas mon kiff. Il a suffi qu'elle prononce trois mots pour que je sois refroidi. La bourgeoise de base. Never !

Je ne m'étais pas gêné d'expliquer à Nolwenn mon point de vue sur son OVNI de copine. Je me souviens, elle avait penché la tête, m'avait souri et répondu que je me trompais. Elle avait éveillé ma curiosité.

Vous n'allez pas me croire. Quand j'ai su que « princesse » serait présente au dîner chez ma pote Linda, j'ai fait attention à ma tenue. Oui, j'ai sorti le grand jeu. Rasé, petit look sympa près du corps histoire de mettre en valeur ma musculature, je me suis pomponné et regardé dans le miroir, en secouant mon visage, une vraie gonzesse ! Erik l'a tout de suite remarqué. C'est peut-être à cet instant que son instinct de compétiteur s'est activé. Elle est devenue une obsession pour lui.

Vous l'auriez observé arriver dans sa robe de soirée noire, moulant ses formes généreuses, ses yeux verts éblouissants. Une bombe. Je ne pouvais plus me détacher d'elle. Vu comment elle me matait, je me suis dit que c'était dans la poche. Elle a même rougi. Ce détail non plus n'a pas échappé à Erik. Il a lancé ce pari débile pour une bouteille de whisky. Le premier qui la baisait. Je me suis cru malin lorsque j'ai tapé sa main pour accepter. Elle venait de se barbouiller les paumes de gel après nous avoir touchés. C'est quoi ces manières ? Nous ne sommes pas des gueux sans hygiène. J'ai détesté. Quand Erik a ajouté, preuve à l'appui. J'ai acquiescé.

Pas eu le temps de souffler qu'Erik était déjà assis à côté d'elle à se vanter de sa réussite, à lui balancer des blagues salaces. Au début, j'ai cru qu'elle était en phase avec lui. Elle hochait la tête à chacune de ses conneries. Un promoteur immobilier plein aux as, face à un charpentier de marine fauché, nous n'étions pas sur un pied d'égalité. Je l'ai vu glisser sa main sur sa cuisse, j'étais prêt à me lever pour la dégager. Elle lui a bouffé les doigts, remis à sa place comme il le méritait. J'ai kiffé. Des chevaux sous le capot, un putain de caractère. Une pulsation a hérissé chacun des pores de mon épiderme. Je la voulais.

Nous nous sommes retrouvés sur la plage… Elle m'a fait vivre un moment de délire complet. Je n'avais jamais connu une telle attirance, une complicité immédiate avec une fille. Son corps se moulait au mien à la perfection. Sa bouche, sa peau, je l'ai dévorée. J'étais à deux doigts d'effacer cette photo preuve… Et elle me jette comme un objet, inversant les rôles. Son visage sans aucune expression, elle me balance ma chemise et elle se casse, genre au suivant. J'ai pris une douche froide immédiatement. La pétasse, voilà ce que je me suis dit.

Le lendemain, à rien n'y comprendre. Je la retrouve avec le clan de Nolwenn, elle me rentre dedans, agressive. La vache, elle a oublié une partie de sa nuit ? Ensuite, elle joue avec ma fille qui n'est pas docile, je n'arrêtais pas de la scruter en coin. Elle faisait cela bien. Et moi, elle m'ignore. Alors le soir bien éméché quand j'ai compris qu'elle n'en avait rien à faire de moi, en plus elle me snobait, je ne suis pas gêné pour montrer la photo de ses lèvres sur ma queue. Du grand art ! Et ce connard d'Erik, cela l'a rendu fou. Ce genre de nénette, habituellement, il n'en fait qu'une bouchée.

Mais, elle n'est pas n'importe qui. Elle se planque derrière un personnage quand vous effleurez son écorce et qu'elle s'ouvre, elle est un diamant brut.

J'ai adoré son culot et son courage pour lui redonner la monnaie de sa pièce. Elle en a en plus. Et le bordel a recommencé, un coup oui, un coup non. J'étais paumé et je n'avais qu'une envie lui rentrer dedans. Tellement énervé que j'ai revu Élisa imaginant qu'elle me changerait les idées et que je ne penserais plus à Apolline. Elle est mon plan du moment, un pauvre PCR[9]. Je la connais, pas de complications bien qu'elle attend plus. Pourtant, j'ai été clair avec elle. Je la respecte, mais rien de plus.

Quand j'ai couché avec Élisa, j'ai été mauvais. Je n'ai pas réussi à bander. Pas de saveur dans ses baisers, ses gestes. J'avais le goût de la peau d'Apolline, ses yeux brillants de désir gravés dans mon esprit. J'ai prétexté une petite forme et accepté qu'elle reste dormir pour me racheter. Une connerie, elle y a vu un message sérieux. Elle a commencé à me harceler de SMS et d'appels.

Inutile, mes pensées allaient vers une seule femme : Apolline.

---

[9] Plan cul régulier… cela ne s'invente pas !

Avec une pointe de ridicule dans ma voix et hésitant, j'ai contacté Nolwenn, longuement, pour qu'elle m'aide à la comprendre. Elle m'a soufflé cette idée de l'inviter pour faire connaissance gentiment et qu'elle était raide dingue des voiliers. J'étais persuadé qu'elle refuserait alors je l'ai limite enlever. Quel kidnapping ! Une journée de fou, un trip incroyable. Complice pour tout, son sourire radieux, naturelle, heureuse... quand elle s'est barrée, j'ai pété un câble.

J'ai rejoint Erik et il m'a bien bourré le mou. Elle se tapait divers types, tout Perros y était passé en moins d'une semaine... Je me suis retrouvé dans le même bar. Elle était collée sur la piste avec un autre. Je suis devenu fou, une colère intense pulsait dans ma tête. Il n'y a pas de mecs qui posent ses mains sur elle. Un sentiment de dégoût, deux heures avant, j'étais en elle.

— C'est une vraie salope. Regarde-la. Tu n'as pas dû assez la baiser.

— Ferme-la !

— Oh, énervé ! Tu vas rester sans rien faire ? Elle mérite une leçon cette conne de bourgeoise.

— Fous-lui la paix. Et à moi aussi.

Elle venait de disparaître du bar, et le mec n'était plus présent non plus. Mon corps s'est serré. Je me suis levé pour me barrer et qui sait peut-être la retrouver. Erik m'a agrippé le bras.

— Alan, comment réagirait la mère de ta fille, si elle découvrait le cliché de ta queue dans la bouche de cette connasse ?

— De quoi parles-tu ?

— Photo porno... pas bon pour conserver une garde alternée.

— Tu me menaces ?

— Je te donne des arguments pour faire la peau à ta bourgeoise.

— T'es complément barré ?

— T'as vu ce qu'elle m'a fait. Tu crois que je vais rester sans bouger. C'est mal me connaître.

Ses yeux luisaient malsains. Il ne l'avait pas mis dans son lit. Une fille qui lui résiste et se moque ouvertement de lui, en le ridiculisant, intolérable pour ce vaniteux.

— Alors voilà ce qui va se passer. Tu vas te démerder pour la baiser de nouveau, a priori, il y a moyen ? Et j'exige une petite vidéo de la scène, le reste, je m'en charge.

— Hors de question.

— Comme tu veux…

Il a appuyé sur l'écran de son téléphone et a appelé la mère de Maëlle. Je le lui ai arraché des mains et ai raccroché.

— Je savais que je pouvais compter sur toi. Et puis, nous sommes en affaires tous les deux. Le pognon que tu me dois, cela m'ennuierait d'avancer la date de remboursement. Pas sûr que ton chantier de marine résiste. Plus de tunes, pour élever ta fille, ça va être chaud.

— T'es un enfoiré !

— Je t'ouvre les yeux. Elle n'en a rien à faire de toi. Elle sera bientôt barrée de Perros. Tu crois vraiment qu'elle va venir s'installer en Bretagne avec un charpentier de marine ? Reviens sur terre, Alan !

Je n'avais qu'une envie, lui défoncer la gueule.

Des bangs contre l'encadrement de mon entrée me font sortir de ma rêverie léthargique. Nolwenn. Dix minutes qu'elle tambourine, hystérique. Elle donne des coups de pied dedans. Je suis écroulé au sol, tordu de honte et de remords et regarde sans réagir ma porte vibrer sous les assauts de mon amie, si elle est encore mon amie.

— T'es un putain d'enfoiré ! Je ne partirai pas ! Tu es un lâche, Alan, rien de plus. Je vais défoncer une fenêtre si tu ne m'ouvres pas.

Une première pierre jetée sur le carreau, elle ricoche. Il manquerait plus qu'elle se coupe. Je me lève, tremblant dans le brouillard complet. Le litre de rhum que je viens de m'enfiler ne m'aide pas. Le loquet brûle mes doigts. Je suis un salop, un pauvre type. Comment ai-je pu accepter de l'humilier de la sorte ? Ses yeux, mon Dieu, ils étaient révulsés.

Je déverrouille. Je n'ai pas le temps de me reculer et me prends le châssis en pleine tête. La tornade Nolwenn s'engouffre dans mon antre. Son visage convulse de colère.

— Vas-y, je lui lance plein de dépit.

— Où est-elle ?

— Je n'en sais rien.

— T'es un connard, jamais je n'aurais imaginé que tu puisses en arriver là. Et tu ne t'inquiètes même pas de savoir où elle est !

— Je pensais qu'elle était avec toi chez Éliane.

— Pauvre type ! Pourquoi l'as-tu humiliée de la sorte ?

Je secoue la tête frénétiquement. C'est tellement confus dans mon esprit... cette soirée... cette nuit. Pourtant j'ai imploré Erik de ne pas faire l'irréparable. Devant mon silence, elle se lance sur moi, me cogne. Ses poings tapent mon buste. Elle m'injure de tous les noms d'oiseaux qu'elle connaît. J'agrippe ses poignets, la supplie d'arrêter et lui balance le merdier dans lequel je me suis fourré.

Nolwenn me dévisage abasourdie. Une mise à mort. Piégé comme un rat.

— Mon ex au moindre accroc, elle me retire ma fille. Pour trouver un avocat spécialisé, j'ai emprunté du fric à Erik. Il me tient par les couilles. Nolwenn, je te jure que je ne savais pas qu'il piraterait son compte.

— Alan... dit-elle en secouant son visage.

— Je suis désolé... je... voudrais que ce ne soit jamais arrivé.

Un chagrin profond s'empare de mon corps. Nolwenn me prend dans ses bras. Je m'écroule sur son épaule. Elle me berce. Je ne vois pas d'issue et comment réparer ce que je viens de commettre.

— Est-ce que tu as réussi à la joindre ?

— Son téléphone est coupé. J'arrive directement sur son répondeur. Je suis très inquiète. En fin de compte, elle est fragile.

— Ne me dis pas qu'elle pourrait faire une connerie ?

— J'espère que non. Que t'a-t-elle lancé avant de partir ?

— Elle a décroché deux appels. Le premier, quelqu'un hurlait dans le combiné. Elle n'a rien répliqué et raccroché.

— OK, son père.

— Et le deuxième, elle a acquiescé, donné mon nom et déclaré… je souffle ma voix de plus en plus inaudible.

— Qu'est-ce qu'elle a répondu ?

J'ai du mal à le prononcer.

— Massacrez-le !

Nolwenn ferme les yeux et hoche son visage.

— Elle est sûrement retournée à Paris. Alan, tu es dans une merde noire. Son père a le bras long, des moyens financiers. S'il a décidé de t'écraser, tu vas morfler.

— Je m'en fous. Je veux seulement lui parler.

— Cela ne sera plus possible…

# 14

## « Je commence un décompte dans ma tête.
## À dix, je m'envole… »

Des coups de poings sur la table. À chaque son métallique, je sursaute. Des « bon sang » Apolline me fustige de ma naïveté légendaire. Odieux, dur. Pas une once de compassion dans les propos de mon père. Il aboie comme un bouledogue depuis une heure. Il m'humilie. Au moins dix personnes grouillent dans la salle, telles des abeilles dans une ruche : son avocat, sa chargée de communication, son assistant personnel, le hacker censé virer le bordel sur les réseaux… et j'en passe et des meilleures. Ils ont tous vu la vidéo. Le poids de leur regard accusateur s'incruste dans chaque neurone de mon cerveau.

Je ferme les yeux, inspire. Je me sens vide, humiliée, à terre. J'ai l'impression d'être foulée à grands coups de savate. Mon corps ressent les chocs bien qu'ils soient imaginaires. Un énième haut de cœur, je me lève précipitamment et fonce vers les toilettes.

J'allume le robinet et passe de l'eau sur ma bouche. Je n'ose pas me regarder dans le miroir. Mes mains sont en appui sur le lavabo. Une nouvelle salve de larmes coule de mes paupières. Je fonds vers le sol, me recroqueville. Mes genoux collés contre ma poitrine, je les enserre de mes bras. Ma tête s'effondre. J'aimerais que tout s'arrête, que cette douleur lancinante cesse. Elle m'opprime. Je suis désarmée, désabusée, trahie…

— Mademoiselle ?

La porte vient de s'ouvrir. L'assistante de mon père. Aucun répit.

— Souhaitez-vous quelque chose ? Vous êtes attendue.
— J'arrive.

Les intonations de la voix de mon paternel filtrent jusque dans cette pièce. Il est sérieusement remonté. Sa colère est démentielle. Je ne l'ai jamais vu ainsi. Pourtant, j'en fais des conneries : fini au commissariat, ruiné une de ses villas après une fête extravagante, déboulé en plein dîner d'affaires, défoncée et accompagnée d'un junkie notoire peu fréquentable... Cette fois-ci, j'ai touché à ce qu'il a de plus précieux « son entreprise ». Mon coup d'éclat vient de mettre à mal des mois de travail pour la future capitalisation de sa boîte. Il le radote depuis deux heures, alors si je ne l'ai pas compris. Obsédé par la mauvaise presse de cette vidéo, il ne m'a pas demandé, simplement, comment je me sentais. Aucun moyen de rivaliser avec son agence de communication, elle est plus importante que sa fille.

Avec beaucoup de difficulté, tremblante, je quitte le carrelage froid puis lève les yeux vers le miroir. Méconnaissable, l'ombre de moi-même. Je suis pâle, mes joues creusées et mes paupières ont des orbites noircies. La vidéo passe en boucle dans ma tête, les commentaires, les messages que j'ai reçus. Un déchaînement. Est-ce qu'ils m'affectent ? Oui. J'en ai massacré mon téléphone. Je l'ai frappé de toutes mes forces lors d'un des nombreux arrêts sur le trajet du retour. Je ne supportais plus de le voir vibrer.

Se faire traiter de salope, par une bande d'abrutis qui ont maté dix secondes d'une *sextape*, je m'en cogne. Leur rage me fait peur, en revanche. Et puis, Alan... Trahie, bafouée, je n'arrive pas à comprendre comment j'ai pu me tromper de la sorte. Je suis la proie d'une vengeance calculée, froide. Il a été très fort. Je me revois lui dire que je tenais à lui, qu'il me plaisait… j'étais à deux doigts de lui avouer que j'avais des sentiments pour lui.

Je me fixe dans la glace. Plus aucune expression sur mon visage. Une évidence. Je suis une pauvre fille en fait. Seule, terriblement seule. J'en viens même à me convaincre que si je n'existais plus, personne ne s'en rendrait compte.

Mes pas me guident de nouveau vers la salle de réunion. Je pousse la porte vitrée et entends mon père dire qu'il a honte de moi et qu'il aurait mieux fait de m'abandonner à ma génitrice. Ses mots m'achèvent. Ma nouvelle belle-mère arrive à son tour, il ne manquait plus que cette pimbêche. Elle blablate en me fustigeant. Elle est plus inquiète de la perte de la fortune de mon paternel que de ma situation. Un bourdonnement m'envahit. Je les laisse s'égosiller sans répondre. Pourquoi se fatiguer ?

Un rayon de soleil vient titiller mon visage. Je tourne la tête et mate cette grande terrasse qui jouxte notre salle de réunion. Elle m'appelle, j'ai besoin de respirer à pleins poumons. Je me lève sans un bruit, et me dirige vers les baies vitrées pour les ouvrir. L'air chaud de l'été me percute, j'inspire en décollant mes poumons, ferme les yeux et me laisse bercer par la chaleur suffocante de Paris.

Mon père vocifère sur mon manque de compréhension de la gravité de la situation vis-à-vis de son entreprise. Je m'en fous. Je n'en peux plus de ce carcan, de ma vie. Je désirerais disparaître.

J'avance, lentement. Pas après pas, une certitude m'a envahie. Je veux que tout cesse, que leurs paroles, les commentaires sur cette vidéo qui passent en boucle dans mon esprit, arrêtent de m'agresser. Je ne les supporte plus. Sûre de moi, je franchis le parapet de la loggia. Une grande once de liberté me remplit, elle sonne comme une ode libératrice. Je lève mes bras. J'avais envie de m'évaporer et que tout se stoppe... Je commence un décompte dans ma tête. À dix, je m'envole...

Mon prénom hurlé. Des bras fermes me serrent. Je suis soulevée. Mon visage s'écrase contre un buste protecteur. Des supplications. Je tremble comme une feuille. Je balbutie, puis m'écroule de chagrin. Mon père me tient contre lui. Il larmoie d'effroi.
— Ne me fais pas ça, Apolline. Je n'ai que toi... mes mots ont dépassé ma pensée. Ne me fais pas ça.

Flou. Les murs tournent et mon cerveau a une mise au point difficile. J'essaie de me rappeler comment j'ai atterri dans cette pièce. Elle est sans vie. Des parois blanches, quelques tableaux accrochés, mais aucun ne m'appartient ou n'a été choisi par mes soins. Je n'ai pas de chambre à moi. Je squatte, en fonction de mes envies, un appartement ou maison de mon père, une suite d'hôtel. Une SDF de luxe ! Je ne me suis posée nulle part. Même pas un endroit pour me cacher, me ressourcer et me protéger. Compliqué, un étau serre mon cerveau. Je me souviens parfaitement maintenant que j'ai voulu jouer à *Captain Marvel*, sans être dotée de ses pouvoirs. Je sens les séances de psy arriver. Mon mal de tête bondit en pensant aux conséquences de mes actes.

J'entends une conversation de l'autre côté de la cloison. Mon père certainement.

La force de ses bras est gravée dans mon antre. Je ne sais pas ce qui m'a pris. J'ai craqué. Vraiment. Je ne supportais plus le poids des reproches. Une culpabilité intense pulsait dans mon corps. J'aurais pu crier que j'avais besoin d'aide, demander qu'il stoppe ses hurlements, lui dire tout simplement que j'étais désolée. En rien fautive, mais victime. Je n'ai pas su, incapable de faire franchir les mots de ma bouche.

Il m'a portée de la terrasse à sa voiture, dégagé son staff y compris ma belle-mère odieuse, et m'a enveloppée contre lui. Des excuses, des paroles rassurantes, des aveux d'amour. Je me suis endormie contre le torse de mon père, bercée.

Trois petits coups contre la porte. Elle s'ouvre doucement. Il pointe le bout de son nez et instinctivement un minuscule sourire se dessine sur mon visage.

— Est-ce que ma princesse est levée ? demande-t-il tout délicatement.

— Coucou papa.

C'est bizarre... de l'appeler ainsi. Je ne l'ai plus prononcé depuis mes quinze ans. Il avance avec un plateau chargé de nourriture. Du thé, des fruits, du pain frais avec du beurre salé. Je souris de plus belle, et l'émotion aidant, des larmes perlent.

— Je suis désolée, vraiment désolée.

— Je sais ma chérie. Je le suis aussi. J'ai été trop dur avec toi. J'ai cru que tu étais très forte, indépendante et en fait, je n'ai pas joué mon rôle de père depuis des années et protégé ma fille.

— Papa...

— Je le regrette. Si je t'avais perdu, je ne serais plus rien. J'aimerais que tu éclaircisses cette situation, réclame-t-il avec une voix douce.

Par où commencer ? Gênant d'expliquer à votre père que vous vous faites avoir par un enfoiré sans nom. J'hésite quelques instants puis les mots franchissent mes lèvres. Je le lui dois. Je lui narre mes vacances ratées en Bretagne et lui avoue également à quel point il m'a manqué et combien je m'en veux de lui avoir fait vivre un calvaire.

— La vidéo. Elle n'est plus sur aucun réseau. Effacée pour toujours.

Je hoche la tête en signe de remerciement.

— En revanche, l'homme qui a osé bafouer ma fille, je vais l'écraser comme une merde.

Mon corps se serre en entendant sa sentence. Un stress violent surgit me pinçant le ventre et le cœur. Incompréhensif. Il mérite d'être sanctionné. Alors pourquoi suis-je presque à lui demander de ne pas lui faire du mal ? Au fond de moi, un petit doute persiste. Les moments que nous avons partagés, ses confidences, son sourire franc, ses prunelles lumineuses, je ne peux pas croire que tout était fiction. Je ne parviens pas à me convaincre et espère peut-être qu'une explication tangible existe.

— Il doit déjà être au commissariat. Nous avons porté plainte en ton nom, le mien, celui de la société. Dommages et intérêts, cela ne changera pas ce qui est arrivé, mais son geste ne peut pas rester impuni. Je t'interdis de revoir cet homme.

— OK papa, je concède bien que mal à l'aise.

— Et ma princesse, j'ai réservé un voilier. Demain matin, direction La Rochelle. Nous partons tous les deux pour une semaine en mer comme avant.

Je me jette dans ses bras et l'entoure. Un bisou sur sa joue, il passe sa main sur mon front. Peut-être que cette sale affaire nous aura permis de nous retrouver.

— Nolwenn est à côté. Elle veut te voir. C'est une amie en or. Elle m'a beaucoup parlé.

— Ma meilleure et seule amie.

Elle entre sur la pointe des pieds. Mon père tapote son épaule et nous laisse toutes les deux. Un long moment de silence, elle secoue son visage en faisant navrer. Ses traits sont las. Pourtant, elle esquive une petite moue moralisatrice.

— Arrête cette tête morbide, je ne suis pas en convalescence.

Elle inspire bruyamment.

— Puisque tout va bien, pourquoi n'es-tu pas à ton bureau à bosser ?

— Nolwenn, tu es chiante.

— Toi tu l'es plus que moi !

Elle se rapproche, grimpe sur le lit, me prend dans ses bras et pose mon visage contre elle.

— Tu n'as pas le droit de m'abandonner. Tu es mon amie, précieuse, alors je t'interdis d'avoir ce genre d'idée. C'est la plus mauvaise que tu aies eue.

— Je suis désolée, je chouine.

— Chut. Je vais te demander de m'écouter attentivement. Tu dois savoir la vérité sur cette histoire. Alan est coupable, certes…

— Stop. Je ne veux plus entendre son prénom ou entendre parler de cette fable.

— Non Apolline. Si tu ne m'écoutes pas, cette situation va te hanter. Tu chercheras au fond de toi le pourquoi. Tu vas te torturer. Que tu le veuilles ou non, je sais que tu as des sentiments pour lui.

Je ne me rebelle pas pour lui dire le contraire. Faut se l'avouer, il m'a mise à terre, mais mon cœur cognait pour lui.

— Je vais t'expliquer ce qui s'est réellement passé. Je ne cautionne pas et ne lui cherche pas d'excuses, mais la vérité est importante.

— Vas-y, j'accorde en inspirant très fort pour me donner du courage.

Pendant une demi-heure, elle va me narrer comment une situation dérape et comment tout à chacun peut se faire piéger. Mes joues sont inondées de larmes. Elle me serre fort, mais rien n'y fait. Je suis inconsolable. Erik se prétend son ami. Il est méprisant. Mon Dieu. Je prends aussi conscience que si je n'avais pas monté la mayonnaise en me vengeant de lui, nous n'en serions pas à ce stade. Ma part de responsabilité est d'être entrée dans son jeu malsain.

— Il s'inquiète pour toi…

— Maintenant, stop.

— Je vais respecter ce que tu demandes et ne te parlerai plus de lui.

— J'apprécie.
— Nous avons autre chose à accomplir.
— Pardon ?
— Tu dois faire une réponse vis-à-vis du piratage de compte.
— Comment cela ?
— Apolline, tu es suivie par beaucoup de jeunes femmes qui kiffent ta life. Elles vivent par procuration via tes posts, la superbe vie que tu étales. Tu ne peux pas les laisser sans expliquer le mal que tu endures. Tu te dois d'être exemplaire.
— Tu veux que je fasse quoi ?
— Que tu parles avec ton cœur.
Elle me dévisage longuement. Je suis très dubitative.
— Comment souhaites-tu procéder ?
— Nous allons préparer une vidéo où tu vas exprimer, avec naturel, ce que tu ressens là, me dit-elle en tapotant ma poitrine. Expliquer en quoi, les réseaux peuvent devenir un fléau et qu'il ne faut pas accepter qu'un branquignol puisse te faire passer pour une fille que tu n'es pas.
— Laisse tomber, j'ai explosé mon téléphone.
— C'est une excuse foireuse. Ne te défausse pas. C'est important. Il est temps que tu arrêtes de te planquer derrière un personnage et être celle que j'aime par-dessus tout. Toi, me dit-elle en apposant son doigt sur mon cœur.

Hésitante, j'ingurgite ses paroles et mon premier réflexe est de refuser en bloc malgré les arguments qu'elle vient de développer. La championne des stories se sent toute petite d'un coup. Mais elle a raison. Se taire revient à tolérer l'inacceptable.

Je me suis préparée. Nolwenn a ajusté l'éclairage et nous avons filmé cette vidéo d'une quinzaine de minutes. Elle l'a postée sans possibilité de commentaires.

Malgré cela, j'ai reçu beaucoup de messages privés de soutien, des témoignages de femmes et d'hommes qui avaient vécu la même situation : crucifiés par des posts odieux. Je ne voulais pas les lire au départ pour oublier cette sale histoire. Mais je ne suis plus la même : me moquer de la vie des autres et être cette égoïste, c'est fini. J'ai été bousculée par certains récits. J'ai pris ma plume et remercié personnellement chacun d'entre eux, en compatissant. Je me suis sentie bien et comme allégée d'un poids. J'étais juste normale et humaine.

## 15

## « Le roi des cons, un pauvre type, une baltringue ! »
### Alan

Je rentre chez moi, abruti après cette séance au commissariat. Hier, j'étais avec la femme qui fait frémir mon cœur et en moins d'une nuit, mon univers s'est effondré. Je vais tout perdre. La garde de ma fille, mon chantier de marine, ma maison... ils vont me faire la peau.

Je n'ai pas vendu Erik. Il s'est arrangé pour me mettre la pression, le salop. Si je le dénonce, il réclamera le pognon que je lui dois. Un gros paquet ! Charpentier de marine, avec une spécialité de voiliers en bois, cela ne remplit pas un frigo. Puis, il balancera la photo et la vidéo à l'avocat de la mère de ma fille. Il la connaît bien. Elle est sa cousine et il nous a présentés. Mon ex se réjouira et elle pourra entamer un nouveau référé pour une garde exclusive. Je suis surveillé de près par le juge des affaires familiales. Quand elle a voulu se barrer avec Maëlle, j'ai pris ma petite et je l'ai planquée. Une connerie. J'ai fini menotté au poste. Il m'a fallu une star du barreau pour me sortir de cet imbroglio, être exemplaire pendant les visites avec une assistante sociale. Sans le fric d'Erik, j'étais mort. J'ai déjà passé six mois sans la voir. Alors imaginer que cette situation va recommencer pour une putain de vidéo de merde, mes boyaux se tordent.

Je fonce direct vers le bar de ma cuisine, attrape une nouvelle bouteille de rhum et l'attaque au goulot. L'alcool me brûle les entrailles, pourtant il ne calme pas la douleur que je ressens. La honte, le poids de la culpabilité. Je m'écroule sur le sol, et la vide pour espérer m'anesthésier. Je ne le dénoncerai pas. Une once de dignité. J'endosse seul la responsabilité de ma stupidité monumentale.

Est-ce que je vais aller en taule ? Le gendarme a parlé de dommages et intérêts records et de sursis. Je suis un délinquant maintenant. Il m'a dit texto que j'étais le roi des cons pour m'être attaqué à un si gros poisson… Je sors mon téléphone de sa poche arrière et tape sur Google. Je n'avais pas de nom de famille, je l'ai lu en catimini sur le dossier des flics.

J'hallucine. Elle est un people en fait. Putain ! Lorsqu'elle m'a parlé du yacht, je croyais qu'elle pipotait. Non. Son père est un magnat de la communication. Elle est sa seule héritière. Beaucoup de photos d'elle, souriante, mais pas comme avec moi. Quand j'y pense, ma poitrine se serre. Elle m'avait accordé sa confiance. Nous avons fait l'amour cette dernière nuit. Elle a ouvert son cœur, prononcé qu'elle tenait à moi, qu'elle appréciait être avec moi. J'ai complètement merdé sans comprendre.

Le matin, je me suis faufilé en dehors du lit. J'ai appelé Erik. Je voulais savoir ce qu'il avait fait de cette vidéo. Il a ri comme un taré et hurlé que le film était déjà en direct live sur les réseaux et plus particulièrement sur son Instagram qu'il avait piraté. Je suis resté estomaqué. Je n'avais même pas imaginé que cette ordure embauche un hacker pour la démolir. J'ai cliqué à la vitesse de l'éclair sur mon écran et j'ai découvert le résultat.

À peine dix secondes prises à la va-vite pendant que je pilonnais son cul. J'étais dans une colère noire lorsqu'elle m'a demandé de la baiser, je rêvais de lui faire l'amour et d'être un peu plus qu'un plan de vacances pour elle. J'ai détesté le sexe de cette façon avec elle. J'adore voir danser ma princesse sur mon corps comme quand elle s'est offerte sur le pont du bateau.

J'ai joui, je suis sorti d'elle et me suis barré en l'engueulant. Une fois dans mon atelier, j'ai attrapé mon téléphone, même pas maté le résultat et appuyé sur la touche envoi en notant :
*« Maintenant, fous-moi la paix !!! »*
Cet immonde con m'a répondu instamment.
*« Déjà ! T'es un champion. À présent, cette salope va morfler ! »*
Je l'ai relu à deux fois et j'ai commencé à paniquer, essayant désespérément d'effacer le texto. Oui, un réflexe stupide. Apolline est entrée en furie en me balançant tout ce qui traînait près de ses mains. Je l'ai stoppée, elle m'a avoué pour le message d'Élisa. J'ai compris, enfin, pourquoi elle s'était enfuie du bateau. Je jouais sur deux tableaux. Une inversion des rôles. Dommage. Si elle avait osé me demander immédiatement, je l'aurais rassurée et je lui aurais confié qu'elle m'avait retourné le cerveau.

Mon smartphone sonne. Le nom qui s'affiche ? Erik. Touche rouge. Il insiste. Je finis par décrocher.
— Que veux-tu ? crié-je dans le haut-parleur, énervé comme jamais.
— Tu m'as balancé aux flics, enfoiré. Tu vas dérouiller, siffle-t-il d'une voix mauvaise.
— Je n'ai rien dit. Tu délires, je lui riposte, prêt à en découdre.
— Comment expliques-tu que les gendarmes m'ont convoqué ?
— Tu ne sais même pas à qui tu as affaire. Son père a le bras long et des moyens. Il est remonté jusqu'à toi parce que tu as embauché un hacker incompétent. T'es une baltringue. Sans honneur, je lui réplique d'un ton dur sans aucune pitié.
— Ce n'est pas possible. Tu m'as vendu. Je veux mon pognon demain ! Et ton ex, elle a déjà la photo porno de ta queue. Ta fille, c'est mort, tu ne la verras plus.

— T'es une planche pourrie, rien d'autre. Trop tard, j'ai tout perdu. Et ton fric, je n'en ai pas, alors va te faire voir ! Je le nargue.

— Tu ne vas pas t'en sortir aussi facilement. Je vais tout te coller sur le dos.

— Je m'en tape, je lui hurle de toutes mes forces.

Je raccroche énervé dans une colère monstre et balance tous les objets posés sur mon plan de travail. Je m'écroule au sol. Je suis vide. J'attrape la bouteille en espérant que l'alcool termine la besogne.

Mes pensées, je ne peux pas les contrôler. Elle m'obsède. Je veux lui parler. J'essaie de l'appeler. Répondeur. Je balbutie un message minable d'excuses. C'est pire maintenant, je me sens encore plus nul. Obnubilé par elle, je réfléchis à un moyen de la contacter. Ses réseaux ?

Je lance mon Facebook, la recherche. Rien. Plus une page à son nom. Twitter, LinkedIn… tous les réseaux y passent frénétiquement. Elle postait des stories. Instagram me vient en tête. Je n'ai pas de compte et en ouvre un à la va-vite. Je découvre une vidéo d'elle, postée depuis une demi-heure. Mon diamant, ma princesse est affaibli, mais magnifique. Je n'arrive pas à quitter mon écran.

Je me concentre, redémarre la vidéo pour écouter ce qu'elle chuchote. Quinze minutes, j'en prends pour mon grade. Je comprends aussi une chose. C'est certainement la dernière fois que je la vois. Têtu, je ne peux pas me résigner. J'aimerais entendre sa voix, encore une fois.

J'appuie sur la fiche contact de Nolwenn… peut-être… Je suis sûre qu'elle a filmé la vidéo, qui d'autre ? Elle décroche immédiatement en chuchotant.

— Je ne peux pas te parler, Alan !

— Elle est avec toi ? Passe-la-moi, je t'en supplie.

— Alan, non ! Ta voix est bizarre ? T'es défoncé.

— Complètement raide, Nolwenn. Je t'en supplie, passe-la-moi. Je veux lui demander pardon.

— Tu vas lui dire quoi au juste ? Excuse-moi, je ne l'ai pas fait exprès. Mon doigt a ripé quand j'ai balancé la vidéo de tes fesses à la terre entière ? Tu crois que ça va arranger les choses ?

— S'il te plait Nolwenn, je tente bien conscient que je n'ai pas grand-chose à lui expliquer.

— Hors de question ! Tu ne l'approches plus. Elle a failli se foutre en l'air.

— Quoi ?

— Tu as très bien entendu. Se foutre en l'air, alors je ne te permets plus de la côtoyer.

— Non... non. Pas ça...

Mon téléphone glisse de mes mains. Il s'éclate contre le carrelage. Je respire difficilement. Mon rythme cardiaque s'est emballé. Un étau serre ma poitrine. Je suis oppressé. Je me mets à trembler... J'ai très froid d'un coup. Jusqu'où cela a-t-il été ? Mes muscles se tendent. Je crois que mon cerveau part en live. Je l'imagine, mais son reflet se brouille. Je vrille et m'écroule tel un poids mort au sol.

Mon prénom hurlé dans le micro de mon smartphone. Nolwenn crie. Une once de lucidité, je l'approche tout doucement de mon oreille.

— Je lui ai fait trop de mal. J'ai tout perdu...

— Alan, cesse ton délire ! Je ne peux pas me téléporter pour m'occuper de toi. Vous avez le don tous les deux. Je t'envoie Éliane. Tu as intérêt à lui ouvrir et ne pas déconner. La situation va s'arranger, mais sois patient et arrête de boire !

Le son d'un bip, elle a raccroché me laissant seul avec ma culpabilité.

# 16

« Ma vie ressemble à un encéphalogramme plat !
Sœur Thérèse.com[10], bonjour ! »

Je boutonne ma veste, me regarde une dernière fois dans le miroir, rectifie mon rouge à lèvres. Le résultat me plaît. Les frimas de l'automne sont arrivés et cette petite veste ocre sur ma robe noire ajustée est parfaite. Elle me fait une silhouette d'enfer. Mes cheveux sont noués en chignon sage. Une allure professionnelle pour présenter mon dossier. Fini d'enrouler mes mèches blondes pour séduire mes clients et de jouer à la bimbo. Mes bonnes résolutions ! Mon nouveau look de *Businesswoman* me rend plus mature, plus rangée… bien que ma lingerie soit une tuerie, mais ce détail, je suis la seule à le connaître.

Mon job a été une échappatoire pour remonter la pente. Depuis trois mois, je ne jure que par lui battant Nolwenn sur le quota d'heures. Je vis presque dans mon étage et enchaîne les dossiers. Pendant ce temps, mon esprit ne vagabonde pas et ne tergiverse pas sur une éventuelle région à l'ouest de Paris où réside un charpentier de marine. Stop. Je me résonne.

Je souffle, sors des toilettes et me dirige, conquérante, vers la salle de réunion. Mes futurs acheteurs sont attablés, Nolwenn à leur côté. J'entre, avec un immense sourire, leur checke le coude devant leurs regards surpris, m'installe en bout de table, pose mes deux mains à plat, les mate quelques instants… et commence mon intervention. Une heure trente de négociations, de reformulations et d'argumentations. Je

---

[10] Série télévisée française, diffusée en 2002. Vous pourrez le sortir à votre prochain dîner.

connais mon dossier et l'entreprise cliente dans leurs moindres détails.

— Bravo ma belle ! me lance Nolwenn quand nos clients quittent la salle.

Elle se lève et m'applaudit, puis tire des révérences. J'éclate de rire.

— Mets-toi à genoux, pendant que tu y es ! Tu en as pensé quoi ?

J'attends le verdict avec impatience et appréhension. Je viens de soumettre le premier projet que j'ai suivi de A à Z sans aucune aide. Une première. Je suis heureuse de ce petit exploit qui inaugure un nouveau pan de ma vie professionnelle.

— C'est dans la poche. Tu les as séduits.

— Vraiment ?

— Oui. Ta présentation était archi préparée, deux mois que tu y travailles non-stop, soit fière de ce que tu as accompli.

— Merci de ta confiance.

— Et ce soir, je te suggère que nous fêtions ce futur contrat.

— Chez toi ?

— Non ! Dans un bar et un restaurant, arrête de jouer à l'ermite.

Je serre mes bras contre ma poitrine. Elle m'agace. Depuis un mois, elle me propose de sortir. Je n'ai pas remis les pieds dans un bar ou resto depuis mon retour de Bretagne. Pas une seule sortie, et pas d'envie. Ce point tracasse Nolwenn. Au début, elle a cru à l'histoire de convalescence à présent, elle s'inquiète de ce virage à 360 degrés que je me suis imposé. Je peux à peine l'expliquer. Je me sens bien au bureau et dans la chambre que je squatte maintenant tous les soirs. Un petit nid douillet qui m'apaise… et me permet surtout de me planquer pour verser quelques larmes.

Après ma tentative de suicide, oui il faut bien mettre un nom sur ce que j'ai fait, j'ai passé une belle semaine avec mon père sur un voilier comme avant. Je n'ai plus mes yeux de petites filles et ne le dévore plus en pensant qu'il est un dieu. En revanche, notre séjour nous a permis de renouer un dialogue laissé en plan depuis dix ans. Nous ne sommes pas d'accord sur tout, mais nous avons trouvé des éléments de langage pour reconstruire cette relation. Depuis nous déjeunons une fois par semaine tous les deux et j'apprécie.

Et puis, nous avons beaucoup ri et c'était important. J'ai eu le sentiment qu'un poids s'ôtait de ma poitrine. Au retour, il m'a proposé une chambre définitive dans un de ses logements. J'ai accepté pour me poser. J'avais une sacrée manie : changer tous les soirs d'appartement ou squatter des suites de luxe dans des palaces et envoyer la facture à la société de mon père. Je ne me suis privée de rien : champagne, montagnes de fleurs, caviar... Il m'a gentiment demandé d'arrêter, alerté par son directeur financier que mes notes de frais étaient purement astronomiques et non justifiées. J'ai levé les épaules en signe de dépit et pris l'engagement de rentrer dans le rail.

Je suis tellement rentrée dans le rail que ma vie ressemble à un encéphalogramme plat ! Plus de sorties, plus de mecs, plus de folies. Un confinement que je m'impose comme si je me punissais. De quoi ? Une bonne question ! D'une grosse peine de cœur, voilà ce que j'essaie de guérir en faisant croire à mon entourage que tout va bien. Nolwenn n'est pas dupe, mais comme elle est très occupée avec son lover Grégory, elle s'est moins acharnée sur mon sort.

Elle attend une réponse. Je la connais, elle ne va pas lâcher l'affaire facilement. Je lui balance un petit bobard, histoire qu'elle me foute la paix.

— Je dîne avec mon père. Bon, on passe au dossier suivant.

— Tu décommandes tout de suite, ordonne-t-elle.

Je frissonne au son des intonations de sa voix.

— Tu me mens. Ton père ne dîne pas avec toi. Apolline, ton comportement s'apparente à de la dépression.

Sa réplique tombe comme une sentence. Je me referme comme une huître et commence à trier les papiers étalés devant moi par ordre de grandeur et couleur espérant la décourager. Un subterfuge inutile. Ses yeux me poursuivent. Elle s'approche à pas de loup et vient s'asseoir sur le fauteuil à côté de moi. Avec son index, elle remonte mon menton.

— Ce n'est pas très COVID, recule. Il faut un mètre, je lui lance.

— Apolline…

Quand elle prononce mon prénom de cette façon, j'ai le sentiment qu'elle est ma mère.

— Nous allons avoir une petite conversation toutes les deux.

— Nolwenn, ce n'est pas indispensable.

— Je te demande de m'écouter.

— Allons-y ! Je souffle en gonflant mes joues d'exaspération.

— Tu passes d'un extrême à l'autre.

Je ne peux pas le nier. L'Apolline déjantée en version Ibiza, ressemble plus aujourd'hui à sœur Thérèse. J'espère que le sexe est comme le vélo et ne s'oublie pas sinon je risque de marcher en canard pendant plusieurs jours, la prochaine fois que je m'adonnerai à une partie de jambes en l'air.

— C'est la première fois que tu as une peine de cœur.

— Pas ça, Nolwenn, je t'en supplie. Je gère. À ma façon, certes, mais je gère.

— Non, tu ne gères rien du tout. Tu fais l'autruche.

— Et que souhaites-tu que je te dise ?

— Qu'il te manque !

— Non… je… non… c'est archi faux, je bredouille.

Elle me serre dans ses bras. Je ne résiste pas. Elle commence à chuchoter ce que je ne veux pas avouer. Oui, il me manque. Oui, je pense à lui tous les jours. Oui, le comportement que j'adopte actuellement est une sorte de pansement. J'aimerais que mon cerveau et mon esprit ne gambadent plus et qu'ils se résonnent. Impossible. Ses prunelles marron pétillantes m'obsèdent et puis je n'arrête pas de me demander ce qu'il est devenu et regarde en douce un cliché que j'ai pris lors de la sortie voilier.

J'ai découvert quelques jours après mon essai de femme volante, un message de lui sur mon répondeur. J'ai voulu l'effacer… Mon index n'a pas appuyé sur la touche corbeille. Une nuit d'insomnie plus tard, je l'ai écouté.

Un chuchotement avec mon prénom, sa voix déchirée, par le chagrin ou l'alcool, j'ai eu un gros doute et un « pardonne-moi ». J'ai pleuré comme un bébé, mais je n'ai pas bougé un petit doigt.

— Je voudrais que tu m'accompagnes ce soir, et que nous sortions comme avant. Tu es plus posée et j'apprécie, mais ton accoutrement, tu me fais penser à une vierge effarouchée.

Je bondis de stupeur.

— Tu n'aimes pas ma tenue ?

— Tu as vieilli de quinze ans en deux mois. Tu te rends compte que ta robe, elle est en dessous de tes genoux, ta veste est austère. On va changer tout cela. Et puis pendant qu'on y est, squatter chez ton père, c'est immature ! Tu dois prendre un appartement à toi !

— Il en reste sur la liste des choses à modifier ? l'interrogé-je narquoise.

— Oui… Nous allons parler d'Alan.

— N…

Elle pose autoritairement un doigt sur ma bouche pour me faire taire.

— Tu vas m'écouter. Il est dans une merde noire.

Mon corps se serre. Mes yeux plongent vers la table pour chercher une échappatoire.

— Il va tout perdre... et j'ai le sentiment que la sentence est trop forte.

— Explique-toi.

— L'avocat de ton père lui demande des dommages et intérêts qu'il paiera toute sa vie. Vous n'avez pas besoin de son argent. Erik a transmis la vidéo et la photo qu'il a réalisées à son ex. Elle entame une procédure pour récupérer la garde exclusive de sa fille. Tu l'as vu avec Maëlle. Elle est sa raison de vivre. Il a vendu son voilier, il va bazarder son atelier et sa baraque. Il va finir à la rue.

Je triture mon crayon de stress comme si je me sentais coupable.

— Il paie trop cher les conséquences d'une connerie. Elle était très dure pour toi, je ne remets pas en cause le mal que tu as subi. Je ne sais pas si on peut parler de proportion. Il est un ami précieux. C'est un mec bien, tu ne me l'enlèveras pas de la tête. Il s'est retrouvé perdu, pris à la gorge dans une situation qui le dépassait.

— Qu'attends-tu de moi ?

— De la clémence.

Je m'interroge.

— Je ne peux pas demander que la procédure ne s'arrête que pour Alan. Erik va en bénéficier aussi.

— Malheureusement oui, acquiesce-t-elle d'une petite voix.

Je la dévisage quelques instants. Je sais pertinemment où elle veut en venir. Je tapote mes doigts sur le plateau puis regarde vers l'extérieur pour réfléchir. Une vengeance à tout prix, c'est la sensation que j'ai avec cette affaire. La vidéo a été retirée depuis belle lurette. Je suis passée à autre chose. L'histoire s'est vite étouffée et l'entreprise de mon père n'en a pas pâti. De savoir Alan, au plus mal ne m'amène aucune satisfaction. Erik, c'est différent. J'aimerais l'écrabouiller.

Récupérer une somme d'argent, je m'en tape le coquillage. Mes comptes en banque croulent sous les euros. Je n'en ai pas besoin. Abandonner la procédure ? Impossible. J'aurais un sentiment d'impunité et de me manquer de respect. Une idée surgit dans mon esprit, une solution acceptable qui pourrait éviter la descente aux enfers d'Alan. Je refuse de lui faire du mal.

Je saisis mon smartphone et appelle l'avocat de notre famille. Il est abasourdi par ma requête. Il essaie de me raisonner en se rebellant. Il argumente très vite sur l'annonce à mon père qui va être difficile. Je hausse le ton. Je suis la victime, je décide.

— Demandez un euro symbolique. C'est un ordre !

Je raccroche, pose mon téléphone sur la table, inspire, et expire plusieurs fois. Je lève les yeux vers Nolwenn. Elle a un air approbateur. Elle se rapproche et vient me comprimer dans ses bras. Je pense qu'elle n'aimait pas la tournure de cette histoire, de savoir son ami au fond du gouffre et d'être partager avec la douleur que j'ai ressentie.

— Je suis fière de toi, me chuchote-t-elle émue.

Je le suis aussi. Ma petite joie est vite calmée par la sonnerie de mon iPhone. Déjà ? Mon père ! Il ne doit pas être ravi de mon exigence. J'éteins définitivement mon téléphone.

— OK, allons boire un mojito maintenant !

# 17

« In your eyes, I see there's something burning inside you.
Oh, inside you. » [11]

Je gémis de plaisir. Petit tour sur moi-même en chantonnant sur *Fever* de Dua Lipa et Angèle, je me regarde dans le miroir. J'enfile ma dernière folie : des boucles d'oreilles de chez Hermès, du plus bel effet. Léger coup de tête à gauche, à droite. Pas mal. Même très bien. J'ai retrouvé des couleurs, mes yeux pétillent de malice, je suis heureuse. Je me retourne et admire mon grand séjour baigné de lumière. Un vrai chez-moi ! J'ai emménagé depuis une petite semaine et je le savoure. Après ma soirée et une longue discussion avec Nolwenn, j'ai repris ma vie en main. Comme je ne fais jamais rien à moitié, le lendemain matin, j'entrais dans une agence immobilière. Un coup de foudre pour cet appartement bien situé, suffisamment grand au cœur du septième arrondissement. Aussitôt dit aussitôt fait.

J'attrape mes clés sur la console du hall, fonce vers l'ascenseur, passe le porche. Le soleil m'aveugle. Je descends mes *Versace* de ma chevelure. Je remonte mon col. L'air est légèrement frais. J'entame le trajet de quelques minutes qui va me conduire à mon bureau, guillerette.

— Apolline…

Le moindre de mes muscles se serre en entendant les intonations qui prononcent mon prénom. Je me stoppe instantanément, me fige puis me raidis. Je n'ai pas rêvé. Ce

---

[11] *In your Eyes*, de the Weeknd, 2020. Ne cherchez pas, l'auteure est une indécrottable romantique.

timbre suave, légèrement rauque, je le reconnaîtrais entre mille.

— Apolline…

Il s'est rapproché. Je devine sa présence juste derrière moi. Pour autant, je n'ose pas me retourner. La petite joie qui m'habitait ce matin s'envole. Mes cheveux virevoltent au vent. Le bout de mes doigts s'engourdit. J'ai froid et peur de me retrouver face à lui.

— Je voudrais seulement te parler quelques instants… murmure-t-il hésitant.

Mon premier réflexe ? Tracer mon chemin. Oui, entamer un sprint d'enfer et le fuir. Avec mes talons vertigineux, je risque de m'étaler en moins de deux secondes et j'aurais l'air ridicule de partir en courant. Mon deuxième réflexe ? Enfiler mon armure pour me protéger et ne rien ressentir quand je vais me retourner. Je le sais… je vais faire cette volte-face, et croiser ses prunelles qui hantent mes nuits.

Quelques instants. Un petit laps de quelques secondes… Et pourtant, le temps suspendu paraît être une éternité. J'inspire profondément puis tout doucement, fais demi-tour.

Alan. Les mains dans les poches, un air anxieux greffé sur son visage. Il est emmitouflé dans une doudoune ajustée bleu roi, le col remonté. Petit look sympa, je lui trouve du charme. Ses joues sont creusées et il semble amaigri. Il s'est rasé de près et ses cheveux sont raccourcis. Il serait allé chez le coiffeur avant de venir ? Ses prunelles sont toujours aussi lumineuses. Nous nous jaugeons. Quelques centimètres nous séparent et les effluves ambrés de son parfum me chatouillent les narines. Une fragrance boisée, relevée d'un zeste épicé. Je suis très hésitante, ne sachant quoi faire, surprise de le découvrir au pied de mon immeuble. Nolwenn, je suppose qu'elle lui a indiqué mon adresse.

— Je t'écoute, susurré-je.

Il passe sa main dans ses cheveux et la replonge illico dans sa poche. Il soulève ses épaules. J'ai le sentiment qu'il cherche ses mots. Un laps de temps, une éternité où nous nous toisons.

— À la base, j'avais des phrases toutes faites qui semblaient pouvoir s'enchaîner sans trop de difficulté et... là je te vois et... j'en perds mon latin. Tu es...

Je penche mon visage pour comprendre où il veut en venir...

— Canon, souffle-t-il.

Le tempo de mon cœur s'affole. Je me sens paumée et limite de la colère pourrait naître. Ce n'est pas vraiment ce que j'ai envie d'entendre. Je secoue la tête, me retourne et attaque mon parcours vers mon bureau.

— Attends, prononce-t-il bien vite.

Il m'attrape par le bras. Je me dégage brutalement. Son contact... Il est électrisant.

— Je suis désolé. Je suis venu m'excuser. C'est sûrement trop tard. Tu ne me pardonneras pas, mais je voulais te dire, de vive voix, je regrette mon geste.

Une tornade d'émotions opposées m'envahit. Je n'avais pas envisagé d'être face à lui. J'ai beaucoup pensé à Alan, mais je m'étais convaincue que notre route ne se croiserait plus. Je recule de quelques pas, hésitant sur l'attitude à adopter. Ma colère n'est plus la même. Il s'est retrouvé, embrigadé dans une histoire de vengeance qui le dépassait. Il était aussi pris à la gorge par Erik et son chantage ignoble : perdre la garde de sa fille. Je ne suis pas mère, et pas très bien loti à ce niveau. Ma génitrice ne m'a jamais démontré son amour. J'imagine que votre force se décuple pour défendre vos enfants, et que si vous êtes en danger, vous pouvez prendre des décisions qui sont contraires à vos principes.

Lui pardonner ? Je n'en suis pas à ce stade.

— OK, je murmure du bout des lèvres.

Une sacrée réponse. Il arque les sourcils, étonné. Je crois qu'il attend une suite. Je reste dans le silence et nous nous dévisageons de nouveau, de longues secondes. Mes yeux, inexorablement attirés, descendent sur ses lèvres sexy. Ma volonté a beau les briefer que l'idée est mauvaise, rien n'y fait. Je les mate sans retenue. Une onde de chaleur agréable réchauffe ma petite chair gelée.

— Nous pourrions boire un café ensemble ? essaie-t-il.

Je n'en suis pas capable. Mon discernement est fragile et je pourrais faire une bêtise, genre me ruer sur lui. Trois mois que mon corps est sans activité sexuelle...

— Peut-être un jour.

Je hausse les épaules de dépit, mords ma lèvre, virevolte et entame le parcours vers mon bureau. Je suis assez fière. Je ne lui suis pas rentrée dedans. J'ai eu un comportement correct, et n'ai pas flanqué ma langue dans sa bouche. Je progresse. Un sourire malin pare mon visage.

— Apolline, lance-t-il à la volée.

Je me fige et attends.

— Tu me manques, poursuit-il.

Je pouffe de plaisir. Des étincelles viennent habiller mes prunelles.

Je chantonne en arrivant devant le hall de mon entreprise, *In Your Eyes* de The Weeknd. J'avoue. Cette rencontre fortuite m'a chamboulé le cerveau. Je pourrais presque regretter de ne pas m'être attardée et d'être allée boire ce petit café. Je trouve Nolwenn dans son office. Je suis sûre qu'elle a comploté et qu'elle est parfaitement informée qu'Alan est à Paris.

À peine, je franchis la porte que son visage la trahit. Je prends une chemise cartonnée sur son bureau et entame la conversation sur le rendez-vous que nous avons en fin de matinée.

— Un avis sur l'approche marketing ? je requiers.

— Sur quoi ?
— Tu ne m'écoutes pas !
— Je ne comprends pas. Tu enchaînes sur le dossier et tu ne me racontes rien d'autre.
— Que veux-tu savoir petite curieuse ?
— L'as-tu vu ?
— Qui ? je feins.
— Tu es chiante. Alan, bien sûr.

J'attends quelques instants. C'est trop bon de l'observer dans tous ses états, à espérer que je me livre.

— Oui, je marmonne.
— ET ? rétorque-t-elle avec un ton agacé.
— Tu as manigancé, je lui réponds en la pointant du doigt.
— J'assume ! C'était pour la bonne cause.
— Je ne comprends pas. Explique-toi.
— Il avait besoin de te voir, de te demander pardon. Il sait que tu as modifié la procédure. Apolline, mon intention était d'apaiser la situation.
— J'étais ravie de cette rencontre, je lui avoue.
— Vous avez bavardé ?
— Non. Brièvement. Il s'est excusé et c'est bien ainsi.
— Un jour peut-être que tu arriveras à discuter avec lui. Je devine qu'il te manque.
— Je ne peux pas le nier, mais des petits pas, c'est bien aussi ?
— Oui, c'est parfait.

Elle se lève et vient me serrer dans ses bras, fort. Je me garde bien de lui expliquer que mon corps est en mode bouilloire, niveau troisième dan et que je ne serais pas très difficile à convaincre. Je manque de câlins... plutôt sauvages, les câlins.

— Faut que tu arrêtes de te frotter à moi, ce n'est pas très COVID ! je plaisante.

— Justement, tu fais bien d'en parler. J'ai un truc à t'annoncer.
— Ah oui ? Tu te maries avec Grégory, je hurle de rire.
— Tu es bête ! Nous allons sûrement être reconfinées…
— Et ?
— Je ne reste pas à Paris. Hors de question d'être de nouveau enfermée dans mon appartement de soixante mètres carrés. Maïwenn est déjà rendue à Perros-Guirec. Éliane nous a préparé un espace de travail et au moins nous aurons la mer et un bout de jardin.

Viens avec moi.

Une douche froide. Trop d'informations dans la même phrase. Je gère difficilement la salve d'émotions déclenchée par l'apparition d'Alan. En moins de trois minutes, elle m'annonce le retour au clapier à lapin, l'isolement qui va avec, et me propose de repartir en Bretagne où j'ai juré de ne jamais remettre les pieds. Alors pour mon petit cerveau à moitié engourdi par la rencontre providentielle avec mon sexy Breton, c'est trop de décisions à prendre.

— Tu remercieras Éliane d'avoir pensé à moi, mais je ne quitterai pas Paris. J'ai mon appartement, il est spacieux. Je ne te retiens pas et je comprends parfaitement. On se fera des visio ?
— Tu te souviens du premier quand même ? C'était très dur ?
— Oui, mais je ne souhaite pas aller dans les Côtes-d'Armor. Ce n'est pas négociable.
— Comme tu veux. Je pars ce soir.

J'éteins mon poste de télévision. Officiel, le journaliste vient de l'annoncer. Nous sommes de nouveau enfermés à partir du premier week-end de novembre. Nolwenn est à Perros-Guirec depuis quarante-huit heures, elle me manque déjà. Nous nous sommes visualisées en Teams ce matin pour traiter nos dossiers en cours. J'étais dissipée par la vue qu'elle affichait derrière elle. La baie des Sept-Îles, depuis le séjour d'Éliane. Je l'ai enviée. Les boules… les grosses boules. J'ai d'ailleurs repensé aux énormes canapés moelleux et dans mon esprit, ils criaient de les lustrer avec mes petites fesses. Je tourne en rond depuis une demi-heure. Un passage par ma superbe terrasse… l'air est trop froid pour paresser en regardant les étoiles. Un passage par ma grande cuisine avec son îlot high tech… j'appuie sur tous les gadgets et boutons. Puis, j'admire ma batterie de casseroles rutilantes, clique plusieurs fois sur les poignées amovibles. Du matériel solide, j'en suis assez fière. Petit coup de manivelle de ma machine à pâtes, elle fonctionne. Je m'en émeus… Je soupire. Le constat est sans appel : je m'ennuie. Ce matériel ne me sert à rien puisque je ne sais pas cuire un œuf.

Je m'allonge sur mon énorme canapé, prends un livre pour me changer les idées. Je le repose au bout d'une minute, je ne suis pas concentrée.

Je marche de long en large et l'évidence me tombe dessus. Il est vide mon appartement. J'ai beau l'avoir décoré avec goût, il est sans vie. J'inspire et repense au premier confinement où j'enchaînais des cuites en vidéo avec Nolwenn au champagne rosé sur le titre d'*Helmut Fritzz, ça m'énerve !*, versus 2020.

Mon téléphone bipe. Je me jette dessus. Enfin une occupation ! Un message vidéo… de Nolwenn, Éliane et Maïwenn. Elles me scandent une bonne soirée depuis la terrasse sous les pins maritimes où elles sont en train de déguster une planche apéro.

J'en tombe à la renverse sur mon fauteuil. Quelques minutes de réflexion en me triturant les mains. Le problème, ce n'est pas vraiment la maison d'Éliane et la Bretagne. Non, j'ai kiffé grave, je ne peux pas le nier. Mon souci tient en quatre lettres : Alan.

Et malgré ma raison qui essaie tant bien que mal de retenir mon index. Il vrille sur l'écran de mon smartphone, tout seul, et clique pour réserver un billet de TGV.

# 18

« Inhaler au tréfonds de moi, l'odeur de l'iode, la bouse mouillée. Et sentir mes yeux se brouiller, rentrer en Bretagne. » [12]

Froid, humide. Une petite arnaque vis-à-vis de la météo affichée sur la vidéo des filles. Je file m'abriter sous le porche de la gare, dégaine mon tél. et compose le numéro de Nolwenn.

Elle décroche à la première sonnerie, j'adore cette fille.

— Je suis dans le trou du cul du monde ! Alors t'as intérêt à venir me chercher immédiatement.

— La commune s'appelle Plouaret et j'arrive, crie-t-elle hystérique dans le téléphone.

Je confirme. Je kiffe cette super nana, son cerveau fonctionne à deux cents à l'heure ou bien je suis prévisible.

Trente minutes de papamobile plus tard, je foule l'allée gravillonnée de la superbe demeure d'Éliane. Les filles m'attendent sur le perron. Je sors mes valises du coffre (toute seule) et les checke plusieurs fois. Je m'extasie de la vue qui s'étale devant moi. Plus de sensation de vide, ni de peur de la solitude, non, une impression de sérénité m'envahit.

Je plonge rapidement vers les canapés de mes rêves et gémis de satisfaction.

— Tu veux un thé pour te réchauffer ma belle ? me chouchoute Éliane.

— Avec grand plaisir, vous êtes au top pour l'accueil.

---

[12] *Rentrer en Bretagne*, Nolwenn Leroy, 2010.

— Tu as remarqué où tu vas télétravailler ? demande-t-elle légèrement excitée.
— Oui, très sympa le bureau face à la mer.
— Un ami qui avait à cœur que vous soyez bien installées.
Elle fait une moue bizarre, un peu mutine. Je mate en détail le meuble en forme de marguerite qui est planté devant les vitres. Des espaces individuels séparés par des cloisons fines qui permettent de nous regarder sans être trop proches, la vue sur la Manche pour l'ensemble des postes de travail… une réalisation d'orfèvre… sur-mesure. Un éclair surgit dans mon esprit quand je me rends compte que le bois choisi est du cèdre rouge, essence assez rare. Je comprends qui a effectué cet ouvrage. Un ami ? Éliane est une chipie. Alan est le créateur et je saisis mieux la remarque appuyée.

Je ne relève pas, bois mon thé en silence, puis vais m'installer bien tranquillement. Il est vrai qu'à vol d'oiseau, il est très proche de moi. Suis-je perturbée, inquiète ? Mitigée, voilà mon sentiment.

Deux jours en Bretagne, je dors comme un loir ! Exit la couchette une place de la longère, j'ai une chambre spacieuse au premier étage avec une literie de fou et une couette voluptueuse en plumes d'oie. Un cocon, il me permet de récupérer les trois mois de forçat que je viens de m'imposer.

Les filles sont parties courir, Éliane s'affaire en cuisine. Je profite de mon heure de liberté pour aller faire quelques emplettes… au supermarché. Le seul truc ouvert qui permet de faire chauffer la carte. Une nouveauté, je n'ai jamais foulé le sol d'une grande surface. Imaginez-moi… poussant un chariot dans des allées bondées, habillée en haute couture de la tête au pied. Je détonne et sens les regards appuyés. Je tombe de ma chaise quand je découvre la Rubalise et le cellophane pour interdire certains rayons et surtout celui pour s'acheter une paire de collants. Ah ce vingt et unième siècle !

Pour me remettre de mes émotions après cette grande séance shopping, j'ai envie de m'aérer les neurones. Mes pas bifurquent vers le port de Perros-Guirec. Je parcours tranquillement le ponton et m'arrête devant un voilier à quai. Plus précisément une réplique d'un langoustier qu'un passionné a bichonné, restauré et rénové. Des images agréables défilent dans ma tête. Des couleurs ocres, d'un après-midi ensoleillé de juillet, des prunelles enjôleuses. Mes cheveux au vent. Cette sensation de plénitude. Voilà ce que me rappelle la vision de ce bateau.

Longtemps, je reste à l'admirer, les subtilités de la coque, le pont particulier, brillant... Pourtant, un petit détail me chagrine. Sur le ponton, une pancarte publicitaire est flanquée avec la photo du beau voilier de mon été : « Croisières autour de Bréhat ». Alan se serait recyclé ? L'autre détail qui me chiffonne, le numéro pour réserver n'est pas le sien. Oui, je le connais par cœur. J'ai peut-être par inadvertance relu ou réécouté des messages venant de lui. Comme cela, un peu parce que je pensais à lui et que j'avais besoin d'entendre sa voix.

Quelques minutes dubitatives à réfléchir. Puis je me remémore que Nolwenn m'a expliqué qu'il l'avait vendu. Mon ventre se serre. Ce bateau est le sien et celui d'un souvenir magnifique.

Ni une ni deux, j'appelle pour en avoir le cœur net. Trois sonneries, un répondeur... La voix de l'autre connard d'abruti d'Erik annonce qu'il est momentanément indisponible pour les réservations de croisières.

J'en ai les jambes coupées. Il lui devait du pognon et je comprends qu'il l'a remboursé de cette façon. Une colère immense grimpe crescendo dans mon corps. Il se serre, je sens l'afflux sanguin palpiter dans les veines de mon cou. Je refuse... et j'ai un avantage... de l'argent.

Je remonte vers la corniche et en profite pour aboyer des ordres à l'avocat de mon père. Les détails, je m'en tape le coquillage, l'huître, la coquille Saint-Jacques, la palourde rose[13]… mais le bateau, il rejoint son propriétaire.

Il est performant… l'avocat de notre famille. Un professionnel investi dans sa mission et très enclin à réaliser tous nos caprices moyennant des honoraires prohibitifs. Il a mis vingt-quatre heures à rétablir la situation. Il vient de me faire parvenir par courriel, le titre de propriété au nom d'Alan Le Goff.

Je me demande bien comment je vais le gérer et annoncer à Alan que son bateau est de nouveau à lui. Peut-être proposer à Nolwenn de s'en charger ? Elle va refuser. Éliane ? Pire, elle va l'appeler immédiatement. Je suis assise dans mon espace bureau et triture mes crayons en relisant le mail qui s'affiche sur mon écran. Je cogite sévère.

— Tout va bien ? m'interroge Nolwenn.
— Je réfléchis.

Elle penche sa figure sur le côté, fronce les plis de son front et me dévisage.

— Quel est l'objet de ta méditation ?

J'hésite quelques instants.

— J'ai fait un truc sur un coup de tête et je ne sais pas comment gérer la suite.
— Tu es bien mystérieuse. Pourquoi ne m'expliques-tu pas ?

Entre nous, elle sera informée à un moment ou un autre. Alors foutu pour foutu, je lui balance cash.

— J'ai racheté le voilier d'Alan au gros connard d'Erik.
— Tu as fait quoi ? m'interpelle-t-elle les yeux exorbités.
— Tu as très bien entendu.

---

[13] Natures, avec un trait de citron ou bien farcies… vous avez le choix. Et pour les huîtres de préférence à Cancale, le dimanche matin, sur le port.

— Bah… je… enfin. Tu es complètement barré, mais je suis fière de toi.

— Maintenant, je ne sais pas comment lui annoncer que le bateau est à lui.

— Tu l'appelles. Tu lui donnes rendez-vous. Vous discutez tranquillement tous les deux et dans la conversation, tu lui dis.

— J'hésite.

— Tu meurs d'envie de le revoir.

— Peut-être.

— Ne joue pas à cela avec moi. Je te vois. Tu tressautes dès qu'une voiture se pointe dans l'allée. Tu restes de longs instants les yeux dans le vide à regarder la mer, et une montée de stress te fait racheter un voilier qui a servi à éponger une dette. À quel moment, te jettes-tu dans l'arène ? Il t'attend.

Mes doigts tapotent le plateau du bureau. Petit coup d'œil à Nolwenn, à Maïwenn qui n'a pas perdu une miette de la conversation et Éliane que je devine dans mon dos. Elles sont suspendues à ma réaction.

J'inspire, ferme mes paupières et vrille mon index sur son contact enregistré dans mon téléphone.

— Alan ? Salut ! C'est Apolline.

Il répète mon prénom dans le combiné. J'aime bien la façon dont il le prononce. Un blanc, je me sens un peu ridicule.

— Euh, ça te dirait d'aller boire un café ensemble ?

Je tremblote des mains.

— Avec plaisir, princesse, me susurre-t-il. Mais ils sont tous fermés.

Quelle idiote ! J'avais oublié. Maintenant, je me sens bête et j'ai précipitamment envie de raccrocher.

— Mais oui, excuse-moi, une idée saugrenue. Ce n'est pas grave. Bon bah, salut…

— Attends. On peut se retrouver au belvédère Turquet de Beauregard. Nolwenn va t'expliquer où il se situe. J'apporte du café et on discute. Cela te convient.

— Oui très bien.
— Quand ?
— Bah, j'ai consommé mon heure alors demain ?
— OK, demain.

Je raccroche très surprise de ce que je viens de réaliser. Petit coup d'œil, à mes trois hôtes qui se sont amassés à quelques centimètres. Maïwenn dégaine en premier en criant « Wôw, c'est trop cool ». Éliane s'approche, pose délicatement ses mains sur mes épaules.

— Tu as pris une décision courageuse. Il mérite amplement une seconde chance, me souffle-t-elle avec un sourire encourageant.

# 19

« Il est compliqué à suivre le garçon… ! »

Vous avez déjà eu un gros coup de chaud pour un homme ? Un truc irrationnel, un attrait sans commune mesure. Chimique ? Physique ? Vous êtes incapable d'expliquer ce qu'il a attisé en vous. Il vous attire comme un aimant. Vous aimez ses formes, vous aimez ses yeux, vous aimez le son de sa voix, ses gestes vous plaisent, sa façon de bouger, de vous sourire en coin. La série *The One* me revient en tête. Une molécule est peut-être la solution.

Je franchis les derniers mètres du parking du belvédère. J'aperçois sa silhouette sur la pointe. Il regarde la mer recouverte de petits moutons. Le vent souffle, je remonte mon col, serre mon écharpe et avance, intimidée. Par où débuter ?

Mon ventre se noue. Il ne devrait pas. J'ai souvent pensé à lui, la nuit cachée sous ma couette, à l'imaginer. Les mois sont passés pourtant, je n'ai pas oublié une parcelle de son visage. Il est gravé au fond de mon esprit. Je n'ai pas envisagé la façon dont nous nous retrouverions. Est-ce qu'au plus profond de mon être, j'avais cette conviction de le revoir ? Pour être honnête, oui, depuis qu'il est venu à Paris. Un espoir s'est formé au creux de moi.

Les derniers pas sont les plus compliqués. Ma démarche est lourde. Je me stoppe à quelques mètres et attends patiemment qu'il se retourne. J'ai le sentiment qu'il est ailleurs. Je le dévore des yeux, centimètre par centimètre. Même emmitouflé de dos, il est sexy à mort. Il n'est pas l'homme le plus canon avec qui j'ai fricoté. J'ai joué avec quelques ravissants spécimens, ambiance gravures de mode. Alan ? Son charme me séduit. Son corps, ses épaules joliment taillées, ses biceps que l'on devine saillants me font fondre. Et puis la lumière qui transcende ses yeux, un bijou. Une vraie carpette dès qu'il est dans les parages.

— Alan ? chuchoté-je.

Il fait demi-tour. Un léger sourire se greffe sur son visage. Moi ? J'aimerais lui sauter dans les bras, l'embrasser à perdre haleine, me blottir contre son corps chaud.

— Apolline, susurre-t-il.

Nos regards s'enlacent. J'oublie le monde qui m'entoure, les éléments... rien d'autre que ses prunelles luisantes marron... Il y a un détail qui me chiffonne. Trois fois rien... enfin si. Ses iris brillent, mais ils leur manquent ce côté enjôleur qui me captive. Il sourit certes, mais de légères rides parsèment son visage. Une expression difficile à identifier. Je deviens anxieuse. Ce n'est pas la rencontre que j'avais fantasmée. Pour casser ce silence, je me lance sur la météo.

— Il fait un peu frais ?

Il écarquille les yeux.

— Oui carrément. Mais nous sommes en novembre.

— C'est sûr, je plaisante, sans le dérider d'un iota. Et sinon ça va ?

Je m'enfonce. Il ne m'aide pas. Je suis perturbée par son comportement. Il est différent, froid. J'espérais la sérénade avec le bouquet de roses rouges, lui en chevalier servant pied-à-terre, prêt à me récupérer à tout prix. Je frissonne. Il vient de geler mon cœur et tous mes désirs de retrouvailles. Il soulève ses épaules, sans répondre. Incompréhension totale. Imaginez ma tête ! Une heure à me préparer dans la salle de bains, cinq ou six essais de tenues complètes, plusieurs coiffures, et pourquoi ? Un mec qui ne me calcule pas. J'hallucine !

La pression monte immédiatement. Les girouettes à deux balles qui vous font espérer, pas ma came. Avant, je lui aurais servi une réplique cinglante. Plus posée, je le questionne à ma façon.

— Je pensais que tu avais envie de me voir ? lui lancé-je d'un ton sec.

Son téléphone bipe, il le sort et lit le message qui vient de s'afficher. Il inspire profondément, ferme ses paupières, secoue son visage.

— Je suis désolé. J'aurais dû annuler.

— Quoi ?

— Je… suis… désolé, Apolline, me bafouille-t-il l'air désabusé.

— Je ne comprends pas ton attitude. Il y a une semaine, tu te pointes chez moi. Tu me proposes un café, tu me balances que je te manque et maintenant tu es désolé, je lui assène mes intonations froides.

— C'est compliqué. Tu me manques, n'aies pas de doutes à ce sujet, mais…

Il laisse sa phrase en suspension, cache ses mains dans ses poches et baisse son regard vers le sol.

— Je n'aime pas trop les jeux de devinettes. Pourquoi ne m'expliques-tu pas ?

Il me lance un coup d'œil, hésitant. J'attends sa réponse de pied ferme, mes paumes posées sur mes hanches.

— Ma situation personnelle est compliquée, m'avoue-t-il enfin. Je ne veux pas t'y mêler. Je crois que je dois d'abord m'occuper de régler mes emmerdes.

— Quelles sont-elles ?

— Lesquelles ? ricane-t-il. Tu as sûrement souffert de cette vidéo, moi, elle a détruit ma vie.

Je ne sais pas trop comment interpréter sa phrase et si je dois y voir une pointe de reproches ? Je n'aime pas le ton employé et encore moins la façon dont il minimise son film. Il a appuyé sur la touche.

— Je ne comprends pas le message que tu essaies de m'expliquer. Je crois aussi que j'en ai assez entendu et qu'avant que la situation s'envenime, parce que cela va finir ainsi, je vais partir. Enchantée de t'avoir revu ! je lui balance sarcastique.

Ni une ni deux, je tourne les talons et rejoins la route goudronnée pour rentrer chez Éliane, fumasse. L'image de son navire me vient en tête. Je l'avais presque oublié celui-là. Je me stoppe, demi-tour. Il n'a pas bougé d'un centimètre, raide comme un piquet. J'avance avec un air déterminé, sors l'acte de propriété de mon sac et lui plaque sur le torse.

— Ton voilier… il est de nouveau à toi ! Adieu, je lui réplique furieuse.

Pas le temps d'étudier sa réaction, je file mon chemin sans me faire prier. Je suis remontée comme une pendule. Fâchée, désenchantée, j'en perds mon latin.

Les trente minutes de marche ne me calment absolument pas. J'arrive, essoufflée, nouée comme un bretzel. Maïwenn et Nolwenn m'attendent sur le perron. Elles affichent une expression désabusée, bienvenue au club !

— On te regardait grimper l'avenue. Vu ta démarche et tes mimiques grognons, on imagine qu'il y a un truc qui cloche.

— Un problème ? C'est un sale con ! Et je vais commencer par engueuler Éliane, pour l'histoire de la seconde chance. Ça va me défouler.

Je gravis les marches, deux par deux, entre avec fracas dans le séjour et hèle mamie Éliane.

— Bah alors, mon petit, tu n'es pas obligée de hurler.

— Je vous déteste, je lui balance en la pointant du doigt.

— Tu es très énervée, mais tu ne penses pas un seul mot de ce que tu brailles, répond-elle calmement.

— Je… je marmonne.

J'éclate en sanglots, incapable de me contrôler. Mon cœur sensible est tout serré. J'ai le sentiment de mettre fait plaquer. Idiot, car je ne suis même pas sa petite amie. J'espérais qu'il se battrait pour me conquérir. En fait, je suis vexée, blessée dans mon amour propre.

— Allez, viens dans mes bras, propose Éliane avec une voix douce rassurante.

Elle s'approche, me serre fort contre elle et me caresse le cuir chevelu pour m'apaiser.

— Je t'ai dit qu'il méritait une seconde chance. Je n'ai pas promis que cela se ferait d'un coup de baguette magique.

— Je ne le comprends pas, j'avoue.

— Allons nous asseoir, tu vas nous raconter votre rencontre.

Elle me traîne vers les canapés moelleux à souhait, prend un plaid pour me couvrir. Nolwenn et Maïwenn s'installent à leur tour. Leurs yeux sont braqués sur moi suppliant de leur expliquer.

— Il a dit qu'il aurait dû annuler, que sa vie était trop compliquée, qu'il devait gérer ses ennuis, que la vidéo avait détruit sa life.

Toutes les trois se reculent contre le dossier de leurs fauteuils, dubitatives.

— La procédure est terminée ? Où est le souci ? Pourquoi était-il à Paris, Nolwenn ?

— Pour te voir, ne doute pas. Je réfléchis.

Je souffle, pose mes coudes sur mes genoux, perdue.

— Il est compliqué à suivre le garçon, j'ajoute.

— C'est sûrement un problème avec Maëlle. La dernière fois que nous avons échangé au téléphone, il m'a laissé entendre que la situation s'arrangeait et qu'il allait de nouveau la revoir.

— Les filles, nous n'allons pas faire des plans sur la comète, nous lance Éliane. Je vais aller faire un petit tour. Vous m'attendez bien sagement.

Elle se lève sous nos regards surpris, enfile son manteau et quitte la propriété.

— Il y a une explication. Ce n'est pas possible autrement. Aie confiance, la situation va s'éclaircir.

Je contemple directement par la baie. Vu le monticule gris dans le ciel qui s'approche à la vitesse d'un cheval au galop, je n'y crois pas. Un mauvais présage ?

— Et pour son voilier ? As-tu pu lui annoncer ?

Mes sourcils s'arquent, mon visage s'agite en faisant un timide non.

— À ma façon…

— C'est-à-dire ?

— Je lui ai balancé le papier à la tronche, avant de lui dire adieu.

— Apolline ! Comment veux-tu ?

— Tais-toi ! je lui ordonne.

Je me lève et file vers ma chambre pour me réfugier. Je n'ai pas besoin d'une énième leçon de morale.

Je mate une nouvelle fois l'heure sur mon téléphone. Soixante minutes précisément. J'expire bruyamment en me demandant ce que fait Éliane. Je suis comme un lion en cage depuis son départ. J'espère qu'elle aura des informations ou explications à me fournir parce que mon cerveau se torture. Et, cet état est douloureux, pénible et stressant au plus haut point. Je suis une boule de nerfs, partagée entre une colère gigantesque et un énorme doute. Il a dit que je lui manquais… Il m'a appelée princesse au téléphone…

Trois heures, la durée de sa petite absence. La nuit est tombée et nous avons commencé à nous inquiéter. Nolwenn lui a adressé plusieurs textos. Elle a fini par répondre qu'elle arrivait, une heure avant de se pointer.

Elle daigne enfin franchir la porte du séjour, éméchée et sérieusement. Nous sommes toutes les trois debout autour du salon. La « Eliane » ? Elle prend son temps. Limite, je pourrais avoir envie de la secouer comme une bouteille d'Orangina. Je déteste attendre. Je déteste ne rien comprendre et je déteste être dans cet état !

Nolwenn enchaîne pour connaître sa destination et ce qu'elle a boutiqué pendant cette durée.

— Les filles, vous êtes très impatientes. Je crois que j'ai bu un verre de trop.

Elle est rouge sulfite. À mon avis, ce n'est pas un verre, mais une bouteille de trop dont elle a abusé. Elle m'agace. Je ne lui ai pas demandé d'aller se saouler. Je tape du pied nerveusement, je triture mes doigts. Je suis au bout de ma patience légendaire et prête à lui arracher les vers du nez.

— Vous me stressez en étant debout toutes les trois, asseyez-vous. Je vais vous expliquer, lance-t-elle en manquant de s'étaler entre les deux fauteuils.

— Elle est défoncée ? interrogé-je Nolwenn.

Elle soulève les épaules de dépit. Éliane atterrit sur le canapé en s'affalant contre le dossier, inspire plusieurs fois en fermant les paupières. J'ai peur qu'elle se tape un roupillon.

— Éliane ? Vous vous sentez bien ? m'inquiété-je.

— Oui, mon petit. Allez, assez de suspens.

Elle se racle la gorge et nous bredouille le problème : Maëlle et sa garde. Elle s'est rendue chez la mère d'Alan avec qui elle est assez proche. Pour lui obtenir des aveux sur la situation compliquée de son fils, elle a donné de sa personne en enchaînant les verres, pour la bonne cause.

Alan a reçu ce matin une notification du juge. Sa requête pour récupérer Maëlle a été rejetée. Il s'est défendu seul, refusant toute aide et même le petit pécule que ses parents voulaient lui offrir pour embaucher un avocat.

— Sa mère m'a dit qu'il ne s'en remettrait pas, conclut Éliane.

## 20

## « Que la Force soit avec toi ! » [14]

Avez-vous déjà eu ce sentiment que vous pouvez changer le cours de l'histoire ? Une volonté qui sommeille au fond de vous, une impression que vous êtes doté de super pouvoirs et qu'il ne faudrait qu'un geste de votre part. Est-ce que vous vous êtes triturées de doutes, d'interrogations de peur de mal faire les choses bien que vous soyez persuadée que vous détenez peut-être une solution. Est-ce qu'aux tréfonds de votre âme couve cette once de justice, de refus de certaines situations ? Elles vous grattent, vous gênent. Elles sont illégitimes et vous révoltent.

Depuis quarante-huit heures, je ne quitte plus mon poste de travail. J'essaie de noyer ma détresse en enchaînant les dossiers clients. Je me lève pour déjeuner, dîner et monte me coucher après des horaires de fou. Rien n'y fait, même pas les protestations de Nolwenn. Je réfléchis et pèse le pour et le contre. Dois-je intervenir ou pas ? Dans la vie d'Alan, bien entendu. J'ai beau me droguer au plan marketing, mon *sexy boy* breton emplit mon esprit, mes pensées et mes actes. Deux longues journées, je rumine surtout depuis que Nolwenn m'a donné tous les détails. J'aurais préféré que lui se confie. Mais j'ai quémandé qu'elle me narre cet imbroglio qui me dépasse.

Alan est père contre sa volonté. Une grossesse accidentelle. Pourtant il est un papa affectueux, raide dingue de sa princesse. Et la mère de sa fille ? Comme me l'a dit Nolwenn, une hystérique nourrit aux antidépresseurs. Elle se venge d'Alan à travers leur enfant. Elle était amoureuse, lui non. J'ai aussi dé-

---

[14] Star Wars — 1977. En mode Jedi, énervé !

couvert qu'elle était la cousine d'Erik et très en cheville avec lui.

Je prends un risque. Un gros. De m'infiltrer dans sa vie, alors qu'il ne m'a rien demandé. De faire des choses qui vont peut-être détériorer la situation. Pourtant la décision est arrêtée, mon plan est bien ficelé depuis mes nombreuses recherches sur Google. J'ai une proie, un homme à abattre. Avant j'ai un appel compliqué à passer et besoin de son soutien : mon père.

— Papa ?

Il décroche à la deuxième sonnerie et souffle un « ma princesse ». J'aime beaucoup quand il me nomme ainsi. J'hésite, inspire profondément et me lance.

— J'ai besoin de toi, de ton expertise et de ton talent.

J'entends sa respiration s'accélérer dans le combiné. Je n'ai jamais rien demandé à mon père et je crois qu'il flippe. Sur le papier, ma requête est simple. Je veux la peau d'Erik et faire ricochet sur sa cousine. Je suis persuadée qu'il est capable, s'il est en danger, de convaincre n'importe qui de changer d'opinion. J'ai étudié méticuleusement les informations parsemées sur le net sur sa petite personne. Un promoteur immobilier, avec un échiquier d'entreprises, de succursales. Cela pue l'entourloupe et le mec qui doit malencontreusement oublier de se déclarer au Fisc.

Mon père est un homme d'affaires aguerri. Les montages financiers, les jonglages avec différentes structures n'ont aucun secret pour lui.

— Je voudrais que tu m'aides à trouver la faille chez une personne ignoble.

— Apolline, dans quoi te lances-tu ?

— J'ai besoin que tu me fasses confiance. Je ne peux pas le faire seule, mes connaissances sont trop limitées sur le sujet.

— Ma chérie, est-ce bien raisonnable ?

— Tu m'as dit que tu ferais mordre la poussière à celui qui oserait me faire du mal.

— Tu l'as revu ?

— Alan, oui. Il n'est pas ma cible.

Je sens sa voix dérailler au téléphone. Il commence à monter dans les tours. Je le stoppe, en l'implorant de m'écouter, en lui narrant l'histoire sans cacher aucun détail. Je lui avoue que je tiens à Alan et que cette injustice m'empêche de dormir, de réfléchir… de vivre. Il refuse, se braque, me scande qu'il m'avait fait promettre de ne plus m'y frotter.

— Parfois, le cœur l'emporte sur la raison. Fais-moi confiance, s'il te plait.

Quelques instants de silence dans le combiné, je n'en mène pas large. Sans lui, mon plan tombe à l'eau. Il souffle à plusieurs reprises.

— OK. Tu m'envoies tout ce que tu as réuni. Je vais regarder.

— Merci Papa.

Je raccroche tremblante, bien que fière d'avoir argumenté sans me fermer comme une huître au premier de ses reproches. Vous vous doutez qu'il n'est pas très emballé que je mène une croisade pour un charpentier de marine qui a pris les fesses de sa fille en vidéo. J'ai omis la photo de la fellation avec ma tignasse reconnaissable entre mille. Ce n'était pas mon bon profil et puis son cœur est fragile.

Il a pris trois jours avant de revenir vers moi. Il m'a confirmé que j'avais vu juste. Il en a sifflé en me disant que c'était du grand art. Un truand qui se croyait bien malin. J'ai reçu par mail des noms de sociétés, dont une *offshore* qui était son talon d'Achille.

La partie la plus compliquée ? Aller trouver la bouche en cœur ce connard d'Erik pour le convaincre d'être persuasif avec sa cousine. Mon père a insisté pour que je ne sois pas seule.

— Je refuse que tu le menaces seule. Tu prends trop de risques. Ton loustic, il trempe dans des affaires de blanchiment. Je viens avec toi.

Je suis restée scotchée de cette proposition, mais je ne l'ai pas déclinée.

Il fait froid ce matin. Je me suis emmitouflée et j'attends au coin de la rue qui dessert l'agence immobilière d'Erik. Mon père interviendra dans un deuxième temps. Il est resté dans sa voiture avec son chauffeur, Johann, une armoire à glace de cent kilos, adepte des sports martiaux. Si cela dégénère, il devrait pouvoir le calmer rapidement. Je souffle sur mes doigts gelés pour les réchauffer en piétinant. Je suis nouée de stress. Je n'ai pas peur d'Erik pour autant. Il ne m'a jamais impressionnée. Je suis plus inquiète que mon plan ne fonctionne pas et il me restera une troisième partie à mener de front : l'expliquer à Alan. La plus compliquée, je pense.

Je l'aperçois garer son coupé dernier cri. Il sort et longe la rue. Sa démarche m'insupporte, l'observer me répugne. Je vais à sa rencontre, tête baissée, et percute son épaule par inadvertance. Il pousse un juron. Je prends mon air niais.

— Désolée. Je ne vous avais pas vu. Erik ? lancé-je en battant des cils. Ça faisait longtemps ?

— Apolline, répond-il, surpris.

Très vite, des mimiques d'irritation viennent se greffer sur son visage. Son regard se noircit. Je sens les noms d'oiseaux arriver.

— Qu'est-ce que tu fous là ? Tu n'en as pas eu assez ?

Si j'étais un mec, je lui collerais mon poing dans la figure. Je ne suis pas un homme musclé, alors je me contente de mon petit air godiche.

— Faut croire que non Erik… je le nargue, en penchant ma tête.

— Dégage !

Il force le passage en me poussant sans égard et fonce vers son agence.

— Erik ? Bahamas… tu as bon goût pour choisir ton paradis… fiscal.

Il se retourne directement, revient à la charge vers moi. Son visage pulse la colère. Il me chope par les épaules en me serrant très fort et me secoue sans ménagement. Il me fait mal l'abruti.

— Qu'est-ce que tu insinues ?

Je n'ai pas le temps de lui répondre. Mon père, accompagné de Johann, le saisit brutalement et lui écrase son poing sur sa figure. Un bruit sourd. Erik s'écroule, sonné.

— Maintenant, petit con, tu vas m'écouter, lui assène mon paternel en l'attrapant par le colback.

Le chauffeur de mon père le relève, l'empoigne direction son agence, où nous entrons tous les quatre. En dix minutes, le « Erik » il entend raison. Mon papa a de solides arguments notamment des extraits de comptabilité avec les failles et les virements frauduleux. Il lui ordonne : il a vingt-quatre heures et pas une seconde de plus pour arrêter la procédure contre Alan. Et pour être bien certain que toutes ces informations s'implantent dans sa petite tête, Johann, son chauffeur le plaque contre le mur et menace de ne plus nous approcher en écrasant son poing contre la cloison. J'ai cru que ce connard arrogant allait faire dans son pantalon.

Un vrai film de gangsters. J'ai eu l'impression d'être la fille du parrain. Mes yeux ont brillé de fierté pour mon père, ce héros. Nous sommes sortis, gonflés par l'adrénaline. J'ai sauté dans les bras de mon cher papa et les ai conviés chez Éliane pour faire la connaissance de ma petite famille d'adoption.

— Elle a fait du Kouign Amann[15], tu vas t'en lécher les doigts.

Il m'a appelée le lendemain en soirée. Alan. Il était hystérique, remonté comme une pendule, dans une colère sans nom. Je n'ai pas pu placer un mot, je n'ai même pas cherché non plus. Il m'a assassinée de noms d'oiseaux, de « je ne veux pas de ton fric, tout ne s'achète pas Apolline ! » De quel droit m'étais-je mêlée de sa vie ? J'ai fini par lui raccrocher au nez en espérant que cela le calme.

Je me doutais que mon intervention pouvait être mal interprétée, mais dans mes rêves les plus fous, je l'imaginais transi d'amour, soufflant au moins un merci. Je ne l'avais pas envisagé sous cet angle. La partie la plus compliquée se joue maintenant : lui expliquer pourquoi je l'ai fait.

Nolwenn me dévisage ahurie. Elle était à mes côtés quand j'ai décroché et à moins d'être sourde, elle n'a pas loupé une miette de l'appel pourtant tant attendu d'Alan.

— Il est sérieusement remonté ?

— Effectivement. Il est un chouia énervé, je lui réponds de dépit.

— Que comptes-tu faire ?

— Il serait raisonnable de laisser passer quelques jours pour qu'il se détende du slip, mais battre le fer quand il est chaud, c'est bien aussi. J'en ai ras le bol de l'attendre, d'espérer. Alors je file chez lui.

— Tu es sûre ?

— Oui, cela a assez duré.

— Je t'accompagne ?

— Si tu veux.

---

[15] Une tuerie culinaire bretonne, déclencheur d'orgasmes gustatifs, si vous n'avez pas encore essayé…

Elle me dépose dans sa cour et propose de patienter. Je refuse. Si je dois y passer la nuit pour le convaincre du bien-fondé de ma démarche et de son caractère désintéressé, je vais le faire.

Son atelier est éclairé. Je pousse doucement la porte. Comme la première fois, cet endroit me séduit. Il est atypique, marqué du travail d'un passionné. L'odeur du bois est prégnante. Elle me picote les narines. J'avance prudemment à petits pas. Je m'approche de son établi, regarde dans tous les coins pour trouver où il est caché…

— Tu n'as rien à faire chez moi !

Je sursaute. Mon cœur s'emballe. Il vient de m'effrayer. En matière d'accueil, j'ai connu mieux. Je me fige, serre les poings. Nous allons en découdre. Il a dépassé mon stade de patience maximum et de girouette également.

— Nous devons parler ! Je ne partirai pas tant que tu ne m'auras pas écoutée.

— Hors de question Apolline !

— Que tu sois remonté, je peux l'entendre. Si je t'avais contacté en te l'expliquant, tu aurais refusé mon aide. Tu es trop têtu. En quoi est-ce mal de se faire épauler ?

— Avec ton fric ? Je passe pour un gigolo.

— Je n'ai pas payé. Tu te trompes !

— Et le voilier ?

— La… c'est différent…, je bredouille.

— Tu dégaines ton chéquier pour racheter un rafiot comme si tu achetais du pain, m'assène-t-il. Je l'ai filé à Erik pour éponger une dette et me sortir seul de ma galère. Et toi, tu interviens sans te préoccuper de ce que je pense.

— Je ne l'ai pas fait pour te réclamer quoi que ce soit en retour. C'est… pas ça, j'essaie de justifier.

— Tu espérais que je me mette à genoux et que je te sois éternellement reconnaissant ! me coupe-t-il

— Mais non ! Je… non. Tu te trompes ! OK, je l'ai racheté sur un coup de sang. Quand j'ai vu la pancarte pour les croisières et que j'ai compris qu'Erik le possédait, j'ai refusé. Hors de question que ce connard puisse monter à bord de ton voilier. Hors de question qu'une horde de touristes bouffent des chips sur le pont. Tu te trompes, je répète.

Je m'approche tout doucement de lui. Des petites larmes viennent perler au coin de mes yeux.

— Je ne l'ai pas fait pour avoir une emprise sur toi ou revendiquer ta reconnaissance. Je n'étale pas mon fric. J'ai kiffé grave cette balade à deux. Un instant magique. J'ai adoré faire l'amour avec toi sur le pont du bateau. Alors non, il n'y a pas un pauvre type qui vient te prendre ce que tu as mis des mois à restaurer pour une dette qui ne devrait pas exister. Je l'ai fait avec mon cœur parce que je tiens à toi…

J'ai réussi à faire franchir de mes lèvres que je faisais l'amour avec lui et que je tenais à lui plus que tout. Je me dévoile, me mets à nu. Je n'espère pas de retour de sa part. Je veux juste être honnête et lui livrer le contenu de mon cœur. Il se raidit en entendant mes paroles. Son visage se pare de petites mimiques d'incertitude. Je fais un pas vers lui pour réduire l'espace qui nous sépare.

— Concernant la procédure pour récupérer ta fille, idem, je n'ai pas manigancé pour que tu me sois redevable. Si la situation inverse devait se produire, j'apprécierais que tu te battes avec tes moyens pour me défendre. Tu as le droit d'être en colère. Si je devais le refaire ? Je n'hésiterais pas une seconde, je termine en apposant mon index sur sa poitrine.

Je le regarde longuement droit dans les yeux sans ciller. Je n'ai pas honte de moi ni de mes actes. Je viens de lui offrir mon cœur. Qui ne se battrait pas pour celui qu'il aime ?

Il fait perdu. J'ai le sentiment qu'il se triture l'esprit. Pourtant, il ne réagit pas, me faisant douter de ma présence dans son atelier. Quelques secondes, une éternité. Un silence pesant simplement rythmé par nos respirations.

— Et tu te vois avec un charpentier de marine sans un sou en Bretagne ? me balance-t-il.

J'écarquille les yeux, soulève mes épaules en signe de dépit.

— Peut-être que je tente le pari, je lui réponds en pinçant mes lèvres.

Il expire, secoue sa frimousse. Un petit sourire déride enfin son visage.

— Apolline…

Un frisson parcourt mon épiderme au son de ses intonations suaves. J'adore quand il prononce mon prénom de cette façon.

— Oui ?

— Tu es vraiment à part.

Il ponctue sa phrase en attrapant autoritairement ma nuque, collant son corps contre le mien. Sa bouche, sensuelle et sexy à mort vient s'écraser contre la mienne, avec une violence exquise. Je pousse un petit cri de surprise qui s'étouffe sur ses lèvres. Ses mains s'égarent dans ma tignasse blonde. Il plante son front contre le mien. Nos souffles se sont emballés, nos poitrines se soulèvent en rythme.

— Tu m'as beaucoup manqué, Apolline. J'ai souvent pensé à toi. Tu obsèdes mon esprit. Tu me chavires, m'avoue-t-il.

Mon cœur s'emballe. Ses paroles s'insinuent dans les moindres méandres de mon esprit. Je les espérais au fond de moi.

— Je n'ai rien ma princesse, souffle-t-il ses yeux embués. Regarde autour de toi. Je ne pourrai t'offrir la vie que tu as actuellement.

Il m'avoue sa plus grande crainte, ne pas être au niveau ou croire qu'il n'est pas assez bien pour moi. Il n'imagine pas à quel point je chéris sa simplicité, ses attentions. À quel point je me sens bien dès qu'il est dans les parages, à quel point je suis moi-même quand il me serre dans ses bras.

— Je m'en tape le coquillage. Toi, toi et encore toi. Je n'attends rien d'autre, lui dis-je en prenant délicatement ses lèvres.

Il éclate de rire. Ses mains viennent se poser sur mes joues et droit dans les yeux, il me dévoile le contenu de son cœur.

— Je suis raide dingue de toi !

Je pousse un petit cri gémi qui s'étouffe sur ses lèvres sexy d'enfer. Il ne perd pas son temps, ses mains se faufilent sous mon manteau pour le faire tomber. Il essaie de retirer mon pull. Il est trop serré, finit par me grimper sur son établi, tente de détacher mon jean. Impatient... terriblement impatient.

— Alan, attends, je lui demande avec une infime douceur. J'ai très envie de toi, mais j'aimerais que nous prenions tout notre temps. ... Fais-moi l'amour.

— Oui, princesse.

Il m'attrape, m'enlace contre sa taille et nous entraîne à l'intérieur de sa maison. Je le dévore de baisers.

La suite ? Vous êtes décidément très curieux.

Notre nuit a été courte, rythmée par des aveux d'amour, bercée par des caresses sensuelles, cadencée d'ébats intenses, de corps à corps brûlants, ponctuée de souffles courts, de peaux à peaux charnelles. Je me suis écroulée dans ses bras, repue et heureuse, vraiment heureuse. Au petit matin, quand les lueurs du jour sont venues jouer avec mes paupières, mon esprit chaviré, transcendé, retourné comme une crêpe, je suis devenue gourmande et insatiable de mon *sexy boy* breton.

Avez-vous déjà joui le prénom d'un homme à en perdre la tête et à vous en décoller les poumons ?

# Épilogue

« It's a beautiful night,
We're looking for something dumb to do.
Hey baby, I think I wanna marry you. » [16]

Juillet 2021. Perros-Guirec. Propriété d'Éliane.
— Inspire, Apolline !
— Je suis à fond !
— Arrête de parler et de gesticuler. Je ne vais pas y arriver, me reproche Nolwenn.
— Tu sers trop fort, je lui réponds.
— Tu as trop mangé de beurre salé ! Ta robe est trop petite.
— J'ai peut-être pris un kilo ou deux. Tu exagères. Et puis, Alan, il adore cuisiner. Il met du beurre partout, sale manie que vous avez les Bretons !
— Je te rappelle que maintenant tu fais partie de la bande. Allez, rentre ton vent, inspire à fond, j'y suis presque.

Elle tire comme une folle sur les liens qui serrent ma robe. Je la sens nouer les lacets de satin, non sans difficulté. Je n'ose pas l'avouer. Trois kilos sont venus se greffer sur mon corps depuis que je l'ai achetée. Je les aime bien et Alan aussi.

Depuis huit mois, je vis le grand amour. Oui, moi Apolline. J'avais juré au grand jamais qu'aucun homme ne me dompterait. Promis, également que je ne remettrai jamais les pieds en Bretagne. Never ! J'ai posé mes valises définitivement. Cette région m'enchante, m'apaise. Je ne pourrais pas habiter ail-

---

[16] *Marry you*, Bruno Mars, 2010, la chanson indétrônable !

leurs. Les paysages changent au gré de la journée, des saisons. Je ne m'en lasse pas. Et puis, Alan, mon *sexy boy* breton m'a chamboulée et retourné le cerveau. Je suis love, irrécupérable, amoureuse de mon charpentier de marine.

J'ai fait quelques allers-retours entre la demeure d'Éliane et celle d'Alan, enfin trois jours, histoire de me donner bonne conscience au niveau de mon job. Puis, j'ai embarqué mes affaires, mon ordinateur et je n'ai plus quitté sa maison.

Un peu rapide, certes, mais je ne fais jamais les choses à moitié… j'ai lâché prise et écouté mon cœur. Pourtant, rien n'a été simple. Passé l'euphorie des premiers jours, je me suis retrouvée, une semaine sur deux, avec une petite fille de trois ans qui avait décidé de me faire tourner bourrique. J'ai acheté des kilos de fraise Tagada, sa friandise préférée, un poisson rouge, un lapin… Et je suis devenue incollable sur *Miraculous*[17]. Depuis, elle m'aime bien.

Avec mon homme, nous nous sommes apprivoisés. Nos bases sont solides : une attirance folle, un humour commun, des points d'intérêt. J'ai appris à l'intégrer à mes décisions, parfois saugrenues, et lui a accepté que sa femme puisse sortir sa carte bancaire à tout bout de champ.

Un matin de mai, il m'a bandé les yeux et susurré au creux de l'oreille qu'il avait une jolie surprise. Nous sommes montés dans son camion. Nous avons roulé quelques kilomètres. J'ai essayé de lui soudoyer des informations. Une vraie tombe ! Il était excité comme un gamin. Nous avons marché quelques mètres. Il m'a portée et j'ai commencé à tanguer. Son voilier, pardi ! Il a refusé que j'ôte le bandeau de soie. Nous avons vogué quelques milles avant qu'il ne jette l'ancre.

Je souriais animée d'une joie intense. Alan est archi romantique. Il me l'a démontré à plusieurs reprises.

---

[17] Lady Bug et chat noir sont dans la place !

— Princesse, enlève le bandeau.

Je l'ai retiré tout doucement pour savourer l'instant. Il avait déposé des pétales de rose sur le pont autour de moi. Certains virevoltaient déjà avec le vent. Alan était un genou à terre, avec un écrin dans sa main. Ma bouche est restée désespérément ouverte, incapable de prononcer un mot. Un choc. Mon cœur s'est emballé. Des larmes d'émotion ont surgi. Je me suis mise à trembloter. Un vrai chamallow.

— J'adorerais que tu deviennes ma femme… a-t-il lâché de sa belle voix suave, ses prunelles enjôleuses, brillantes de mille étincelles. Je t'aime Apolline. Tu es la femme de ma vie, celle avec qui je veux être pour toujours.

J'ai hoqueté, bafouillé puis me suis agenouillée à ses côtés et… me suis ruée sur lui sans bonne manière ôtant, déchirant les habits qui couvraient son corps. Sur le pont du bateau, à califourchon sur ses hanches, après un moment érotique des plus hots, j'ai susurré un immense « oui ».

Maïwenn toque à la porte et passe sa frimousse dans l'encadrement. Elle éclate de rire. Je me retourne immédiatement sous les protestations de Nolwenn.

— Elle ne te plaît pas ma robe ?
— Tu es magnifique, répond-elle en souriant de toutes ses dents. Je te vois encore m'expliquer qu'il n'y avait pas un mec qui te passerait la bague au doigt.
— Parfois, il faut savoir reconnaître qu'on a tort.
— Tu es à ses pieds ! continue-t-elle.
— Maïwenn, sors de cette pièce, je lui rétorque sur un ton amusé.

Éliane arrive à son tour. Pas de moquerie, elle me fait tourner plusieurs fois sur moi et m'admire.

— Tu es magnifique ! Une vraie princesse.

Je l'enlace avec affection. Au fils des mois, elle est devenue ma mamie d'adoption.

— Certaine que nous n'attachons pas tes cheveux, m'interroge Nolwenn.

— Non. Détachés, tombant sur mes épaules, c'est très bien.

— Alors, allons-y.

Je mate par la fenêtre du premier étage et vois mes convives qui nous attendent de pied ferme. Un seul retient mon attention... Mon homme. Il a enfilé un très joli costume foncé qui lui fait des fesses d'enfer. Je trépigne de lui ôter sa tenue et dévorer cette partie rebondie de son anatomie.

Mon père patiente sur le perron avec la petite Maëlle, notre demoiselle d'honneur. Elle a déjà épuisé le stock de pétales de roses qu'elle devait mettre normalement sous mes pas.

— J'ai essayé de l'empêcher, se justifie mon papa d'amour, ému en ce grand jour.

Je soulève mes épaules de dépit, l'embrasse sur la joue et lui attrape le bras. Il me tend un bouquet composé d'une tête d'Agapanthe, ma fleur préférée depuis que je vis dans le Trégor. Nous nous dirigeons vers le fond du jardin. Sous les pins maritimes, une tente est dressée pour faire office d'autel. Alan me dévore des yeux avec ses prunelles luisantes marron. J'ai une montée de phéromones et pense qu'à un moment je serais autorisée à lui consumer ses lèvres sexy à mourir. Mes joues rosissent, je gémis de plaisir.

Petit coup d'œil vers la mer. J'admire la baie des Sept-Îles, consciente de ma chance. Je lève les yeux vers le ciel. Une espèce de monticule gris fonce droit vers nous à la vitesse d'un cheval au galop...

Ah la Bretagne !

# Remerciements

Il y a quelques années, je suis venue en Bretagne passer mes vacances. Il a fait légèrement frais et humide. J'ai juré au grand jamais qu'on ne m'y reprendrait pas. Never ! C'était sans compter sur le destin et une mutation professionnelle quelques années plus tard...

Aujourd'hui, je ne pourrais plus quitter cette région, mon petit coin de paradis. J'avais très envie d'une romance acidulée, sexy à déguster, pourquoi pas sur une plage bretonne...

Mais l'envie ne suffit pas et sans mes aides précieuses, *Never... ou presque !* serait resté dans ma tête.

Alex et Estelle, vous êtes mes alphas de cœur. Votre avis compte plus que tout. Sans vous, sans vos encouragements, sans vos conseils, je n'avancerais pas.

Sandrine et Aurore, mes correctrices de choc, je vous remercie pour le temps consacré à traquer mes fautes d'orthographe, aux échanges riches pour bonifier cette histoire.

Toi, mon chéri qui m'a aidée pour décrire les scènes sur le travail du bois et les bateaux.

Ma petite équipe, mes amies, ma maman qui me soutiennent au quotidien,

Un grand merci également à Cynthia, ma directrice de collection, pour sa confiance.

Et enfin, merci à vous, mes lecteurs. Vos retours, vos encouragements me boostent pour continuer cette aventure incroyable, démarrée avec la saga *Doutes*. N'hésitez pas à partager, donnez votre avis, laissez un commentaire, tous les auteurs en ont besoin.

Et chers lecteurs, si vous n'avez pas encore eu l'occasion de fouler le territoire breton, je vous invite à découvrir cette belle contrée, à vous perdre sur le chemin des Douaniers, à admirer les couleurs du ciel, de la mer, à déguster les tueries culinaires bretonnes... La liste est trop longue, alors venez...

## *Pour suivre Zéa Marshall*

Sur Facebook

Sur Instagram

# À découvrir dans la collection Romance Addict

**Cœurs de Soldats**

*Tome 1 : Parce que c'est toi...*

de Bella Doré

**Doutes**

*Tome 1 : La part des anges*

*Tome 2 : L'ivresse assassine*

de Zéa Marshall

**Coup de foudre à Saint-Palais**

d'Angélique Comte

**Plumes à Plume**

de Nathalie Sambat

**Les chocolats ne fondent pas à Noël, les cœurs oui !**

Collectif de nouvelles

**Accommoder au safran**

de Maryssa Rachel

**Les glaces fondent en été, les cœurs aussi !**

Collectif de nouvelles

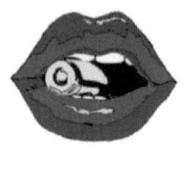

Addictive, acidulée, sexy, passionnée.
Une collection inédite, originale.
Elle se décline en 3 styles :
Romance, Sexy Romance et Dark Romance.

Retrouvez nos auteur(e)s, nos nouveautés, nos actualités
sur la page Facebook de Romance Addict

## Découvrez les autres collections de JDH Éditions

Magnitudes

Drôles de pages

Uppercut

Nouvelles pages

Versus

Les collectifs de JDH Éditions

Case Blanche

Hippocrate & Co

My Feel Good

F-Files

Black Files

Les Atemporels

Quadrato

Baraka

Les Pros de l'Éco

Sporting Club

# L'Édredon

## La revue littéraire de JDH Éditions

Venez découvrir les textes de la revue

**Textes et articles dans un rubriquage varié
(chroniques, billets d'humeur, cinéma, poésie…)**

Suivez **JDH Éditions** sur les réseaux sociaux
pour en savoir plus sur les auteurs,
les nouveautés, les projets…

Inscrivez-vous à notre Newsletter sur
**www.jdheditions.fr**
Pour recevoir l'actualité de nos nouvelles
parutions